O índio cor-de-rosa
Evocação de Noel Nutels

Orígenes Lessa

O índio cor-de-rosa
Evocação de Noel Nutels

São Paulo
2013

© Condomínio dos Proprietários dos Direitos Intelectuais de Orígenes Lessa
Direitos cedidos por Solombra – Agência Literária (solombra@solombra.org)

5ª Edição, Global Editora, São Paulo 2013

JEFFERSON L. ALVES
Diretor Editorial

GUSTAVO HENRIQUE TUNA
Editor Assistente

ANDRÉ SEFFRIN
Coordenação Editorial

ELIEZER MOREIRA
Seleção, Apresentação e
Estabelecimento de Texto

FLÁVIO SAMUEL
Gerente de Produção

JULIA PASSOS
Assistente Editorial

FLAVIA BAGGIO
ALEXANDRA RESENDE
Revisão

TATHIANA A. INOCÊNCIO
Projeto Gráfico

REVERSON R. DINIZ
Capa

A Global Editora agradece à Solombra – Agência Literária pela gentil cessão dos direitos de imagem de Orígenes Lessa e à Bertha Nutels pela disponibilização de seu acervo pessoal e pela gentil cessão dos direitos de imagem de Noel Nutels.

Imagens: acervo pessoal Bertha Nutels.

Todas as iniciativas foram tomadas no sentido de estabelecer-se as suas autorias, o que não foi possível em todos os casos. Caso os autores se manifestem, a editora se dispõe a creditá-los.

**CIP-BRASIL. Catalogação na publicação
Sindicato Nacional dos Editores de Livros, RJ**

L63li
5. ed.

Lessa, Orígenes, 1903-1986
   O índio cor-de-rosa : evocação de Noel Nutels / Orígenes Lessa. – 5. ed. – São Paulo : Global, 2013.

   ISBN 978-85-260-1990-4

   1. Nutels, Noel, 1913-1973. 2. Médicos – Brasil – Biografia. I. Título.

13-06347   CDD: 926.1
                                                  CDU: 929:61

Direitos Reservados
**GLOBAL EDITORA E
DISTRIBUIDORA LTDA.**
Rua Pirapitingui, 111 — Liberdade
CEP 01508-020 — São Paulo — SP
Tel.: (11) 3277-7999 — Fax: (11) 3277-8141
e-mail: global@globaleditora.com.br
www.globaleditora.com.br

Obra atualizada conforme o **Novo Acordo Ortográfico da Língua Portuguesa**

Colabore com a produção científica e cultural.
Proibida a reprodução total ou parcial desta obra sem a
autorização do editor.

Nº de Catálogo: **3605**

O índio cor-de-rosa
Evocação de Noel Nutels

Sumário

Para não esquecer – *Eliezer Moreira* — 9
Aviso ao leitor — 11

Um menino procura seu pai — 13
Para altos montes olharei... — 15
A terra das surpresas — 17
Afinal, um pai! — 19
Espantos do país inesperado — 21
Lembranças da terra natal — 25
O contrabando — 27
O espião alemão... — 31
A comunicação difícil — 35
Iniciação entre os gentios — 37
A confirmação — 39
Maricota 17 — 41
Jangadas de bananeira e outras viagens no sertão — 45
A difícil jogada — 49
A lenta descoberta — 53
A conquista do Recife — 55
Orquestra de mão e beiço — 59
A pensão de dona Bertha — 63
Um coroa no batuque — 67
Botando pra ferver — 69
Aventura federal — 71
Pausa para um diploma — 73
Imanência — 77
O bom convívio — 81
Pontos nos ii... — 85
"Onde seu mestre mandar..." — 91

O engajamento	93
Esperando vez...	97
Estágio em Rio Verde	101
O novo desafio	103
Gente boa	107
Descobertas	113
Mundo novo	117
Uma transação judaica	119
A dupla vida	123
Intermezzo no parque	125
Dívida se paga...	129
Capítulo brasileiro	133
A boa surpresa	137
A sorte está lançada	139
O ministro vai ver	143
Hoje tem espetáculo	147
O show continua	151
Rotina de imprevistos	155
A mágoa oculta	161
Procurando caminhos	167
A fera invisível	171
O Parque Nacional do Xingu	179
O Serviço de Proteção aos Índios	181
Os bandeirolantes	183
Indo, vindo, voando...	187
Voando com um motor só	191
Do consultório estão chamando...	195
Retorno do tempo perdido	197
O inesperado passageiro	201
Fim de viagem	205
Noel por Noel – *Noel Nutels*	209
Sobre o autor	249

Para não esquecer

No ano do centenário de nascimento de Noel Nutels, esta reedição de *O índio cor-de-rosa: evocação de Noel Nutels* é mais do que apenas uma homenagem à extraordinária personalidade aqui retratada com indisfarçável fascínio por Orígenes Lessa. Na aparente simplicidade de uma linguagem que o aproxima da reportagem, segundo a modesta definição do autor, este livro, que pode ser lido como um romance biográfico, surpreende pelo sopro de grandeza épica que atravessa algumas de suas melhores páginas. É o tempo das novas entradas e bandeiras, da Marcha para o Oeste, da Expedição Roncador-Xingu, do Serviço das Unidades Sanitárias Aéreas, criadas pelo médico sanitarista; tempo de Darcy Ribeiro, dos irmãos Villas-Bôas e da criação do Parque Nacional do Xingu. A reedição deste livro precioso é, portanto, o resgate de certa ideia de país que esses novos desbravadores tentaram construir. E sua atualidade gritante está em fazer ver o que restou da abnegação e dos sonhos daqueles homens.

Noel Nutels foi também um caso raro de unanimidade absoluta em seu tempo. Um ano depois de sua morte, em fevereiro de 1973, veio a público um primeiro livro, *Noel Nutels, memórias e depoimentos* (José Olympio, 1974), organizado por Antônio Houaiss a partir de textos sobre o sanitarista publicados em jornais e revistas do país ou produzidos expressamente para integrar o volume. Assinam esses textos, além do próprio Houaiss, amigos como Jorge Amado, Darcy Ribeiro, os Villas-Bôas, Ariano Suassuna, Rubem Braga, Dorival Caymmi, Fernando Sabino, Carlos Drummond de Andrade, Antônio Callado, Hélio Pellegrino, Rachel de Queiroz e muitos outros. Entre tantos testemunhos comoventes, de tantos amigos e admiradores inatacáveis, registre-se como exemplo o que escreve Houaiss: "No meio tempo, nasce esta mensagem, de importância inestimável: olha para trás e salva algo acaso esquecível, olha para frente e mantém latente algo que não deverá morrer".

Na elaboração deste *O índio cor-de-rosa: evocação de Noel Nutels*, Orígenes Lessa utilizou em grande medida os muitos depoimentos presentes naquele primeiro livro. Entre alguns dos mais importantes está um texto assinado pelo próprio Nutels, "Noel por Noel", fragmento de suas memórias inacabadas. A homenagem a Nutels não estaria completa sem a inclusão desse texto na presente reedição pela Global de mais este grande título da obra de Orígenes Lessa. Uma forma de manter latente algo que não deverá morrer.

Eliezer Moreira

AVISO AO LEITOR

Esta é apenas uma tentativa de reconstituição geral da maravilhosa figura humana de Noel Nutels. É pouco mais que uma longa reportagem a refletir a fascinação de sua presença na imprensa brasileira de seu tempo, desde o encontro com Osório Borba, em fins da década de 1930, ainda desconhecido no Rio, até a entrevista concedida a *O Pasquim*, em junho de 1970, peça fundamental de sua trajetória como assunto, quando só ele sabia estar no fim, culminando nos depoimentos reunidos em volume, logo após a sua morte, com prefácio de Antônio Houaiss. Aqui não está o cientista, o indianista, o pensador, mas apenas o homem Noel. Outros dirão de suas pesquisas e experiências como sanitarista, tisiólogo, médico de massas, constrangido ao pioneirismo em muitos campos pela necessidade de suprir, contornar ou superar as deficiências encontradas. Outros falarão como sociólogos, etnólogos, linguistas e sábios do seu relacionamento com os índios. Aqui está apenas o homem que amou e respeitou os seus e os nossos índios sem intenção de estudá-los, classificá-los e, principalmente, civilizá-los. Apenas o aspecto Noel do problema. E todo aquele jeito Noel de olhar a vida...

Orígenes Lessa

Um menino procura seu pai

É 1922, ano de importância no Brasil. Um navio alemão, com muita carga e passageiros, está chegando ao Recife. Tem um nome familiar para os nativos: *Madeira*. Para aquele menino de cabelo de fogo e sardas pelo rosto e braços, que olha angustiado o mar revolto, e com infinita ansiedade a terra misteriosa, já bem perto, é um nome estranho, quase hostil. Com o menino, junto à murada, duas mulheres, mãe e tia, também perguntam com os olhos. Embarcações, atulhadas de gente imprevista, homens de inesperados tons de pele, descalços, rudes, festivos, enxutos de carne, molhados do mar, rodeiam, aos saltos na água inquieta, o cansado navio.

– Talvez *ele* esteja numa dessas canoas.

O mês é agosto. 24 é o dia. Dentro de 14 ou 15 dias aquele país festeja o primeiro centenário de sua independência. O menino ainda não sabe. Tudo ali vai ser novidade para quem está chegando, sem o saber também, à tona de uma tradição de milênios.

– Mais alguns minutos... Falta muito pouco! – dizia a mãe num júbilo abafado. Dificilmente o garoto acredita. Pouco mais de nove anos tem ele. Há dois que vagamundeia assustado. Desde que se conhece por gente falam-lhe naquele pai que nunca vira, tendo deixado a cidade natal pouco antes de nascer-lhe o filho, na alegria doida de saber que seu sangue ia enfim continuar, prolongamento natural de uma caminhada teimosa pelo tempo. Estaria resolvido a conquistar o mundo para o deixar como herança ao filho que se aproximava... Uma coisa só pedira a Deus e nisso ia ser pouco depois atendido: que não lhe nascesse mulher, mas homem, que ele queria continuar não somente nas veias, mas no sobrenome de alguém capaz de multiplicar os milhões que afinal resolvera ganhar. Para isso partira, quase como quem fugia, rumo a terras vagamente conhecidas por Zudamérica na sua pequena cidade de Ananiev, na Ucrânia.

Com aquele pai nunca visto o menino crescera sonhando. Nele sua imaginação buscava amparo quando os companheiros de jogos (e muitas vezes de lágrimas e pavores) falavam em pais ao alcance de um grito, embora impotentes para proteger seus filhos na hora amarga do *pogrom*.

Durante anos alimentara, no silêncio de seu coração, o aventureiro que um dia os mandaria buscar (certeza da mãe constante) numa carta de libertação. Dinheiro teria, dinheiro saíra a ganhar.

Notícias raramente vinham, que muitas terras, alguns mares e um oceano inteiro os separavam, além de uma guerra que rebentara depois, guerra de matar muita gente, não somente judeus.

Sim, aquele pai que estava enriquecendo – e fora enriquecer por causa dele... – mais cedo ou mais tarde se faria presente, libertando-os das terras geladas de ventos e homens que oprimiam seu povo.

Afinal, já ele grandinho, a guerra acabada, uma revolução começada, igualmente sangrenta, ou talvez muito mais, porque sangue corria não só nos campos de batalha, mas também nas ruas de Ananiev, uma carta diferente apareceu: de chamada para toda a família...

Partir fora duro, mil sustos vencidos. Deixava uma infância que fora quase toda um pesadelo. Mas estavam livres! O *Madeira* chegava ao Recife...

Para altos montes olharei...

Que terra era aquela onde, segundo garantia um companheiro de viagem (felizmente era brincadeira de mau gosto...), navio não podia encostar e viajante descia em cestos de vime para os botes incertos na água agitada, rumo ao cais?

Que terra era aquela onde os homens pareciam bichos falantes de múltiplas cores? (Quase morrera de medo numa rua de Lodz ou de Bucareste, nem se lembra bem, ao ver os primeiros negros de sua vida. Julgava-os ainda piores que os brancos de Ananiev, que matavam judeus.) Que terra era aquela e que homens aqueles? Ainda tem na memória a tia, a mantê-lo no cabresto, dócil e bem-comportado, durante semanas pela Europa, ante a ameaça de entregá-lo aos negros...

Mas o pai, esperança de todos, não subira de nenhuma das embarcações que haviam rodeado o vapor. Nem parecia estar em terra (tinham afinal desembarcado). Coração apertado, três forasteiros parecem perdidos no cais barulhento, de confusos tipos humanos. De repente, o menino estremece.

Dois olhos penetrantes procuravam seus olhos.

– Será?

É até com certo alívio que vê a mãe e a tia passando com indiferença pelo desconhecido. Mas o homem vem chegando, olhos nele e nelas.

É polícia?

Haverá *pogrom* naquela terra?

É mais papel a mostrar, mais dinheiro a pagar?

Felizmente a língua é familiar, uma das línguas trazidas de sua terra natal. Na vida de todo judeu pelos caminhos do mundo há sempre um judeu que chegou antes. Mão amiga se estende. É de alguém que procura pela família de Salomão Nutels que viera da Ucrânia, via Buenos Aires, e morava agora em Laje do Canhoto.

— Mas onde está ele? — pergunta a mãe, alma destroçada pelo mesmo desapontamento que machuca o filho.

O homem é manso de palavras, traz notícias boas. Salomão deve chegar dentro de dois ou três dias. Não sabia ao certo o dia de aportar o *Madeira*. Escrevera-lhe pedindo que estivesse atento, providenciando tudo o que a família viesse a precisar no caso de uma chegada a curto prazo. Laje do Canhoto — o nome dizia — era fim de mundo.

— Já tenho até quarto reservado no hotel.

O hotel era perto. Perto, pequeno e sem luxo. Nem outra coisa Noel pretendia.

Noel era o menino.

Bertha era a mãe.

Salomão era o pai, pai que com desespero de alma desejava, temeroso de vê-lo fugir-lhe outra vez.

O menino tremia.

A tia, que sofria, na opinião dos familiares, a maior injustiça do século, por não ter sido ainda aproveitada pelo cinema em começo, tal a sua beleza, principalmente dos olhos, irrompia em protestos contra a displicência do cunhado.

Ouvindo aquilo, vergada ao peso de malas e embrulhos, caminhando tranquila na rua cheia de sol, Bertha sorria.

Conhecia de muito a vida.

E o marido.

A TERRA DAS SURPRESAS

Foram dois dias de espera. Mais difíceis, para Noel, que os quase dois anos recentes de andanças no exílio, mais longos que todos os anos de meia orfandade vividos em Ananiev.

Estavam ilhados num pequeno hotel junto a uma ponte espetacular, uma das muitas na cidade.

Gente, costumes, palavras, nada fazia sentido.

Noel traz duas línguas da cidade natal: o russo e o ídiche. Veio aprendendo pelo caminho fragmentos de outras línguas, principalmente alemão. Nenhuma delas o ajuda no esforço por se aproximar daqueles homens a princípio julgados maus, com suas estranhas tonalidades de pele: "pretas, brancas, roxas, esverdeadas, castanhas, cinzentas".

Quinze anos depois, já integrado na terra – e mais da terra que muitos nativos ("sou é mulato sarará") –, ainda está bem vivo o desnorteio do recém--chegado. Falando com Osório Borba, o primeiro jornalista a antever o grande assunto que ele será dentro em pouco para toda a imprensa pela personalidade fascinante e pela singular humanidade, Noel recorda as dificuldades dos primeiros tempos, tão ingratos para quem nascera irmão de todos os homens.

É no meio de seus tateios incertos no hotelzinho do Recife que lhe vem o capricho de comer laranjas, sonho de outros tempos, espicaçado pela provocação das frutas da terra, tão inesperadas e várias como os próprios homens.

Como consegui-lo?

Procura um garçom do hotel humilde. Tenta as três línguas em que navega com mais segurança. Até que laranja, nas três, é palavra mais ou menos igual. Mas o garçom devia ter vindo de Jaboatão ou de Pajeú de Flores:

– Entendo não, bichinho...

Noel vale-se da mímica. Está querendo uma coisa – sacumé? – uma fruta redonda – sacumé? – coisas dessas que se comem, tá me entendendo?

Atento, o garçom sorri:

– Ah! Já sei...

E traz-lhe um tomate.

A luta prossegue. Não há gesto que traduza com facilidade a ideia de cor, mas há gestos e expressão corporal para falar de curtição, de sabor, de coisa gostosa. Muito gostosa é aquela coisa que ele está querendo. O garçom gosta, por um desnecessário acaso, de cebola. Traz logo duas.

Errou.

Continua a batalha.

O garçom volta com três batatas, a história não registra de que espécie, a inglesa ou a doce.

Nesse momento, Bertha surpreende o filho e interfere:

– Não, meu filho! Pelo amor de Deus... Isso a gente não pode pagar...

É que em Ananiev laranja era fruta de rico...

Ainda bem que, naquela segunda noite (contra as profecias da tia Kelly), chega o bom Salomão dos longes de Laje do Canhoto.

Que era alegre e genial, conhecia os costumes e a língua da terra e tinha dinheiro para comprar todas as laranjas do mundo.

Ou que pelo menos dava essa impressão...

Afinal, um pai!

A alegre exuberância paterna logo o reconquista, apesar do terreno perdido dois dias antes por não haver comparecido ao desembarque...

Sentiu logo, apesar da sempre discrição de Bertha e interpretando melhor os irreverentes comentários da tia, durante anos controlados pela mãe, o que devia, na verdade, ser o pai: o grande, o magnífico errado.

Tia Kelly, com tantas razões pessoais de queixa contra o Destino (naquele ano Marlene Dietrich estava começando a carreira...), tivera um único refrão nos dois últimos dias:

— Eu não dizia? Eu não falei?

Agora Noel entendia as meias palavras e os silêncios maternos diante da irmã em Ananiev ou durante a longa jornada rumo à Zudamérica...

E passava a compreender, de estalo, que o Destino lhe havia dado exatamente o pai mais certo para o seu feitio. Tudo para ele estava ótimo, mas viver era melhor do que tudo. Tudo podia estar mal, mas estar vivo compensava.

Ninguém diria que ele vivera quase dez anos longe da mulher e do filho, que parecia conhecer de cor e salteado, como se o tivesse visto ainda na véspera. Estava apenas reatando um diálogo interrompido pouco antes por um vou-ali-já-volto sem maior consequência.

Maravilhosa era a sua espontaneidade. Espontânea era a sua jovialidade, que derrubava até as barreiras da tia Kelly. E sabia transmitir, acima de tudo, uma sensação de segurança que Noel até então jamais conhecera.

Vinha perfeitamente familiarizado com o meio.

Na língua da terra se dirigia aos desconhecidos, um conforto sempre...

Mas bom, mesmo, era ver que ele falava as duas línguas trazidas de Ananiev pelo próprio Noel e que nessas línguas tinha experiências fabulosas, que sabia narrar como ninguém, como um ator que representa os próprios atos.

Tudo jorrando aos borbotões.

Tudo contado com interpelação de neologismos que Noel saberia com o tempo serem do português ou do espanhol.

ESPANTOS DO PAÍS INESPERADO

Ninguém viu a noite passar.

Estão agora a caminho daquilo que as elites da terra gostam de chamar de *hinterland*.

A cidade das pontes (eram mil?) é coisa para se rever algum dia.

Por agora o mundo é Laje do Canhoto e para Laje do Canhoto se viaja num trem que é um forno barulhento e aos solavancos, soltando chispas ardentes, monstro quase a sair fora dos trilhos, dragão imenso bufando cansado.

Viajam aos trancos para uma cidadezinha de Alagoas menor que a de Ananiev, deixada na Ucrânia, cerca de mil habitantes (bonita era Bucareste, importante era Hamburgo, Noel não se esquece...).

Na terra em que foi bater aos acasos de uma fuga, o bom Salomão tem agora uma casa comercial que é a maior do lugar e onde tudo o que um ser humano pode desejar existe à venda: roupa, comida, fumo em corda, sabonete de cheiro, enxada e alpiste, agulha e penico de esmalte (ou de louça, bom artigo importado), máquina de costura, pente fino e pente grosso, chapéu de massa e de palha.

É a mais alta, único sobrado na cidade.

É dele a melhor freguesia.

Foi ele que introduziu na terra a venda a prestações, sentinela avançada e pioneira da sociedade de consumo.

O povo é bom, lá ele "é amigo do rei...". O prefeito é seu camarada, o delegado também. Até o padre...

– Até quem?

– O padre...

A língua era diferente? Problema não. Língua, quem é judeu, mesmo amigo do padre, aprende fácil. Os costumes são estranhos? Judeu se acostuma... Acabam de entrar num mundo inédito, onde o clima, os hábitos, a alimentação, os bichos, as próprias frutas representavam, para quem chegava, um sem-fim de inesperados.

E entre mil anedotas vividas (o forte dele era arrancar anedotas da vida), enquanto o velho comboio da Great Western vai devorando com rumor mas sem pressa o caminho para as Alagoas, ele, que só quer falar de coisas alegres, recorda o seu primeiro pavor ao desembarcar no Recife quatro ou cinco anos antes.

Caminhava ao acaso, acabava de atravessar o mercado, que ele saberia depois ser o de São José, quando aponta, lá de longe, um negro a correr. Um negro é pouco. É um negro carregando no alto da cabeça um estranho animal marinho, "uma espécie de ouriço gigante". Ainda não é tudo. Atrás do negro e do animal na cabeça vem, aos gritos, uma verdadeira multidão. O negro foge, o povo grita, o animal parece disputado pela turba. De repente, o negro para. O estranho animal é atirado ao chão, partindo-se em dois. E uma cena de selva africana tem lugar. O negro que fugia, os negros que perseguiam, todos, ululantes, famintos, enfurecidos, indiferentes ao horror do forasteiro, atiram-se contra o animal partido ao meio, começando a arrancar-lhe as entranhas e a comê-las cruas.

– Mas eles são assim?

A pergunta podia ser de Noel, de Bertha, da tia Kelly.

O suspense é do velho Salomão:

– Vocês vão ver em Laje do Canhoto. Há muitas lá. Sabem o que os homens comiam? Uma jaca mole!

– Que nome de bicho, pai!

– Era fruta! Pesa não sei quantos quilos. Passei todo aquele susto porque naquele tempo eu era ainda mais ignorante que vocês em matéria de Brasil...

Assim, aos solavancos do trem, iam aos poucos penetrando nos mistérios da nova terra.

Susto quase idêntico o próprio Noel vai viver nessa mesma viagem. Numa das paradas do longo percurso, olhando pela janela do trem, vê numa estação pilhas enormes de madeira fina ainda verde. Ao lado, com ar esfomeado, um negro come com fúria um pedaço de pau. Felizmente soube conter o seu medo, não fez a menor referência ao que vira. Com o tempo saberia que chupar cana é até uma das alegrias da pobreza...

Mas a viagem continua, as histórias vão e vêm e as perguntas sobre mil assuntos se renovam.

Acontece, porém, que estão chegando a Laje do Canhoto. O pai acaba de se levantar, olha pela janela a ver se há conhecidos na estação. O trenzinho está parado, respirando ofegante.

De repente estampidos reboam, lembrando canhão, fragor de metralha, gritaria de povo. Dona Bertha e a irmã arregalam os olhos, agarram Noel, trêmulas se abaixam:

– *Pogrom*!

Pogrom é matança de judeu. Era. Na Rússia e noutros países da Europa. Para quem vinha de lá, egresso de tantos horrores, era muito natural a reação. "Tiros, correria – diria Noel mais tarde, recordando o episódio –, o alvo só podia ser judeu..."

Mas eles estavam em Laje do Canhoto e o pai explicava feliz: era o povo da terra que saudava com a alegria explosiva de bumbos e bombas, foguetes e pífanos, a chegada dos foragidos de Ananiev:

– Viva seu Salomão!

– Viva a família de seu Salomão!

Com dificuldade, mas alívio, a família compreende aquela mudança de mundo. Só o que tão cedo não entenderá, nem explicado em russo, nem debulhado em ídiche, era como, num processo original de adoção coletiva, o comerciante Salomão, dono da Loja da Moda, se tivesse transformado, para toda gente, na cidade, em "major" Salomão...

Lembranças da terra natal

Duros tinham sido os últimos tempos em Ananiev.

Sua primeira infância é toda vivida ao som contido de comentários sobre a guerra longe, a Rússia derrotada, a Rússia convulsionada, o judeu culpado por todas as desgraças nacionais ou locais. Havia fome? Com certeza algum judeu estava comendo demais. A colheita fora má? Deus estava furioso, na certa, contra seus fiéis que deixavam em liberdade os herdeiros de Davi. Epidemia? Claro. Judeu transmitindo os micróbios, o céu indignado com o seu desrespeito impune pelo culto verdadeiro e pelos ícones sagrados. O inverno se prolongava ou se fazia inda mais inclemente? Quem não sabia que o judeu se regalava com as desgraças do povo e, com suas práticas secretas, envenenava a própria natureza e mudava o seu curso? A revolução comunista, evidentemente obra exclusiva dos judeus, era pretexto para matanças incríveis. E nas ruas e bairros de onde eles não podiam sair, soldados e populares apareciam, como sempre ao longo dos séculos, para castigar os únicos responsáveis por toda sorte de males.

De coração se encolhendo viviam eles em Ananiev. Entre eles, os Nutels, mesmo depois de recebida a grande carta e aberta a esperança de fugir ao pesadelo. Porque sair de Ananiev era tão difícil quanto ficar em Ananiev. O pai saíra, mas em 1912, já no fim. Corria agora o ano de 1920. Um tio saíra com os seus pouco tempo antes, exatamente para esse novo país de onde o pai escrevia. Mas que dinheiro e sacrifícios tinha custado a façanha!

Depois da carta, porém, homens misteriosos começaram a aparecer em casa, falando baixo, olhar não posto nos olhos. Já tinham sido entrevistos, sempre sorrateiros, em outros casos ou casas de fuga, algumas vezes de gente abatida na fuga.

Eram os manipuladores da evasão, os contrabandistas da liberdade. Sabiam – só eles! – como e onde atravessar o rio (o Dniester), como alcançar a outra margem (a Romênia), como escapar ao terror (era e seria o de sempre). Dinheiro custava, certo. Risco de vida... Havia que subornar guardas, peitar toda uma rede subterrânea que exigia boa compensação, porque punha em jogo a própria liberdade. Mais ainda, a própria vida!

Tudo se fazia com meias palavras, olhar fugitivo, jeitão assustado.

– Cuidado com o menino! É preciso sigilo, criança fala muito...

Os homens iam, vinham, marcavam encontros em lugares escusos, recolhiam dinheiro, murmuravam conselhos. Estava sendo preparada a travessia. As últimas ligações se completavam.

– É hoje à noite! – disse afinal a dona da casa, a voz abafada. Falava com a irmã. Fez sinal para o filho, recomendando silêncio. Como se fosse preciso...

Naquele momento, mais que o infinito desejo de conhecer seu pai, há tanto acalentado, o importante, mesmo, era ver-se livre, para sempre, daquela terra onde, tempos antes, vira o rabino que o circuncidara aos sete dias de seu nascimento, a correr desesperado pela rua, a barba em chamas, seguido pela gargalhada grossa dos cossacos, para os quais todas as derrotas e desgraças dos últimos anos pediam vingança... Noel ouviu a notícia e acariciou, sem palavras, uma recente cicatriz, que ficaria indelével. Sim, refugiados no cemitério israelita da cidade, numa hora de sangue, a mãe tapara-lhe a boca de repente, num gesto intempestivo, sentindo que ele ia gritar de terror à aproximação dos assassinos.

"Os meus primeiros cabelos brancos – contará ele mais tarde numa autobiografia que não terminou – apareceram aos sete anos, quando minha mãe e eu nos refugiamos naquele velho mausoléu do cemitério abandonado."

O CONTRABANDO

Seis ou sete anos depois. Garanhuns, Pernambuco. Lição de geografia num colégio de padres. Estudam-se os rios da Rússia. O Volga, o Ural, o Okhta... O Duína, o Dnieper, o Dniester...

– Esse rio eu conheço!

A exclamação é de um garoto judeu, o único em todo o colégio, diante da incredulidade dos colegas.

Conhecia e quanto!

O Dniester estava associado para sempre às mal-aventuras daquela noite em que sua mãe perdera o sapato mais feio do mundo. Com as primeiras sombras noturnas, a pequena família saíra, com ar despreocupado, para alguma visita no caminho do rio. A mãe caprichara na roupa, entrara no melhor vestido da sua pobreza. De usar nos sábados, de visitas de mais cerimônia. Estranhável, talvez, apenas um pequeno embrulho de coisas mais essenciais, recomendação expressa dos homens de olhar sinuoso dos últimos tempos. Se o embrulho chamasse atenção, seria horrível. Mas Deus era grande. ("Que Deus é maior que o nosso Deus?", perguntava o salmista.) Melhoradas na indumentária, ela e a tia faziam o possível para dar naturalidade a tamanha elegância. Em verdade, porém, caminhavam para a beira do Dniester, rio que nascia ao norte e rolava para o mar, separando, na descida, a Ucrânia da Romênia, terra onde estavam proibidos de entrar os judeus, por sua vez proibidos de sair da Rússia.

Inexplicável para Noel, no meio de toda aquela discreta elegância, o botinão que a mãe calçara. Todo de pano, apenas a sola de couro, uma horrível sapatorra amarelo-canário, de costura negra e atacadores marrons. Tornavam-na particularmente feia os saltos quadrados, grossos, grandes. Coisa bem menos má ficara em casa, de pelo menos não machucar os pés como aqueles faziam.

Mas os cenógrafos da fuga haviam, por qualquer misteriosa razão, recomendado o dito horror, trabalho artesanal de possível amigo, e a mãe fizera questão de atender ao pedido.

Lá iam os três, sem pressa aparente.

É noite escura ao chegarem ao rio. A lua também não tivera muita pressa. Estava nos planos previstos.

Vencido pelas aflições do dia longo, amodorrado pela necessidade de ficar quietinho, amolecido pela treva que o cerca e pela informação de que a pequena canoa vai demorar, Noel cabeceia e cochila.

Desperta, assustado, não sabe quanto tempo depois. Navegavam numa canoa que faz água, um vulto na proa, dois tipos remando, o vulto no escuro comandando silêncio. A água continua subindo, a noite é fria, a canoa desliza. Chegam, por fim, à margem fronteira, os pés encharcados, as roupas molhadas.

Com surpresa, e contra a combinação entre as partes, não há ninguém esperando por eles. Ouve-se uma explicação em surdina. Haviam sido arrastados pela correnteza para muito além do ponto previsto. Mas logo os amigos viriam. O importante era esperar sem barulho... que o perigo não passara. E como a demora deveria ser eventualmente longa e estavam todos molhados e pé molhado é resfriado na certa e resfriado se traduz em espirro e espirro chama de longe atenção, uma voz aliciante recomenda:

– Tirem os sapatos, enxuguem os pés, tenham calma.

Todos obedecem.

A lua, discreta, não se mostra. Espirro, felizmente, ninguém dá. Barulho é só de coração batendo. Vão passando os minutos. Ou horas. Ou anos. Estão escondidos num milharal. De repente, vozes, alarme, o pavor se contagia. Alguém informa que é preciso fugir sem demora – e sem rumor! – milharal adentro, até encontrar um carroção de feno onde ficarão escondidos. Tudo aquilo, num relâmpago de tempo, que a morte rondava.

– Não perder um segundo! Já!

Atarantados, saem todos correndo, o guia a empurrá-los. A corrida é longa ou parece, tropeção no escuro, ninguém sabe onde pisa.

Afinal, dentro da noite, a carroça de feno.

— Olha lá!

Alguém os levaria dali para um primeiro refúgio, em casa de um camponês engajado na trama. Estão exaustos, os pés em sangue. É quando Bertha grita:

— Os meu sapatos!

— Silêncio, mulher!

Ninguém se lembrara de sapato nenhum. Todos tinham vindo descalços. Importante havia sido fugir. Mas ela tem a morte na alma. Parece desesperada.

— Fale baixo.

Precisava voltar. Tem que buscar os sapatos. Tentam chamá-la à razão. Todos. É loucura. É suicídio. O guia é de poucas palavras:

— Se quiser, vá. Mas por sua conta. A responsabilidade é sua. Conhece o caminho?

Bertha se encolhe, esmagada. Ainda bem que está viva! Proibido sair da Rússia, proibido entrar na Romênia, estava de mãos atadas nas mãos daqueles homens de voz mal ouvida:

— Seja o que Deus quiser!

Só com o tempo entenderiam tudo. Os estranhos sapatos, preparados por pessoa de confiança, tinham fundo falso. Nem a tia nem Noel sabiam. As poucas joias e moedas de ouro, fruto de economias de uma vida inteira, estavam escondidas naqueles saltos horrendos. A canoa fazendo água, os pés molhados, a espera no escuro, o pavor de espirrar, os sapatos tirados, o alarme repentino, a corrida aos tropeções no campo incerto, tudo fazia parte de um plano sinistro. Os homens de olhar de abutre domesticado não se contentavam com o preço proposto, que era apenas para facilitar a conversa. O resto viria depois...

Sorte havia tido Bertha Nutels com o seu esquecimento no desnorteio da fuga. Naquela margem do Dniester havia, vez por outra, banquete entre os urubus: cadáver de gente que não esquecera os sapatos...

O ESPIÃO ALEMÃO...

Ainda bem que o pai mandara o dinheiro, enviara as passagens, tomara todas as providências necessárias. Ainda bem que cumprira todas as promessas. Ainda bem que tinha agora um sobradinho na Rua do Comércio, a principal daquele espantoso lugar de gente pobre. Ainda bem que a Loja da Moda era a maior de Laje do Canhoto. E ainda bem que ele confirmara, com sua transbordante alegria e seu eterno bom humor (ele teria o mesmo bom humor nos anos em que vivia só?), a imagem cultivada pela mãe e contestada pela tia nos serões de Ananiev.

Mas desde que Noel começara a não entender as coisas, sinal de que começava a pensar, o pai fora sempre a suprema interrogação de seus repentinos mutismos. Por que saíra, realmente, de sua terra? Por que fora viver (onde mesmo?) em Buenos Aires? Para ficar rico? E por que não ficara? Só por causa do filho? E por que não esperara pelo seu nascimento, para levá-lo consigo? E por que passara tantos anos quase sem escrever, muitas cartas no começo, longos anos sem carta nem notícia de fortuna ganha? Então naquela terra não se achava dinheiro na rua? Então naquela terra a pessoa não precisava ter cuidado para não pisar nos brilhantes que as damas deixavam cair e abandonavam na calçada, com preguiça de abaixar o corpo? E como era possível que ele afinal, mesmo sem ter ficado rico, tivesse resolvido voltar e fosse ao extremo de anunciar a viagem, a família achando até que era imprudência, por ser ele judeu, estar o país perdendo uma guerra, sendo tudo pretexto para correr judeu, bater em rabino, desrespeitar mulheres e matar crianças? E como é que, anunciado o vapor e os tempos de partida e chegada, nunca mais viera notícia nem chegara ninguém?

Só um ou dois anos depois aparecera a explicação, que mais parecia desculpa de mau pagador...

É que o velho Salomão, não tão velho assim, apesar de ser imensa e poderosa a colônia israelita em Buenos Aires, desfrutando de uma liberdade desconhecida na Rússia, fracassara totalmente na Argentina. Judeu prosperava lá, mas não de dinheiro achado no chão. Ele simplesmente não acertara... Duas, três, várias tentativas. Vendera miudezas nas esquinas. Batera de porta em porta, sapatinhos na mão, a baixo preço:

– *Chiquitos! Chiquitos! Para sus hijos... Para sus hijos, señora...*

Desanimara. Cinco anos perdidos! Decide então voltar, anuncia o regresso, compra uma 3ª classe num navio alemão. Era 1917. Rio, Santos, Recife... No Recife, abastecimento do navio. Há tempo. Salomão desce, vai conhecer o que os naturais chamam de Veneza Americana. Logo de início, o episódio da jaca... Já está de nervos tinindo. Vai aos poucos se acalmando. Mas começa a estranhar o movimento nas ruas, o povo parece numa extrema agitação. Há gente correndo. Aqui. Além. Avista, de longe, um incêndio. Numa rua comercial. Saberá um dia que estão pondo fogo na Casa Alemã e que noutras Casas Alemãs em outras cidades do Brasil estão fazendo o mesmo ou jogando pedra... Numa praça há um comício. Oradores aos berros. Nativos em fúria. Aproxima-se, curioso. Despreocupado, pergunta a um popular, em espanhol ou russo (não teria sido em ídiche?), o que estava acontecendo. O homem, sangue a ferver pelo esbravejado tribuno, encara aquele tipo vermelhão, bigodes ruivos, de fala estrangeira. Está contagiado da revolta comum. Nem hesita:

– Quer saber o quê, seu alemão filho da mãe?

Era fogo no rastilho.

– Pega o sacana!

– Mata o alemão!

– Morra Guilherme II!

Ele sente que está havendo um mal-entendido. Quer explicar. Não é fácil. Tempo não há. Os patriotas avançam. Dezenas de brasileiros tinham sido mortos no afundamento do *Macau*. O melhor é correr. A fuga confirma a suspeita. Era um espião inimigo. Estava até perguntando o que o orador tinha dito para mandar dizer ao imperador em Berlim...

É a sua segunda corrida aquele dia. Em vão explicava:

– Mim russo!

– Mim russo!

Pedra vinha, palavrão, tropel atrás. Felizmente o seu vulto enorme, no correr confuso, o protegia. Com a violência com que o viam passar, quem o tentasse escorar pela frente, espantado com o homenzarrão seguido de insultos, rolaria esmagado.

Formaram-se lendas, depois, sobre essa fuga, que o teria levado, num pavor enorme, até os cafundós de Laje do Canhoto. A verdade é apenas que a viagem não podia continuar. O Brasil acabava de declarar guerra à Alemanha. Salomão Nutels teria que ficar no Brasil até segunda ordem... ou segunda guerra.

Foi melhor assim. Para ele, porque seria muito mais feliz no Brasil que na Argentina. Para Noel, que cinco anos depois poderia acreditar plenamente no pai, todo um patrimônio de alegre humanidade incorporado para o resto da vida.

A COMUNICAÇÃO DIFÍCIL

Para Salomão não fora problema a conquista de um lugar ao sol, o ardente sol de Laje do Canhoto. Seu produto de maior aceitação era alegria. O foguetório recente, as girândolas e ronqueiras bem o demonstravam.

À medida que os nativos – magros, ágeis, risonhos, de alpercata ganhadora de mundo, muito limpos sempre – se multiplicavam em manifestações de carinho, Noel sentia que penetrava num clima novo de calor humano.

Nunca imaginara tamanha exuberância. Chegara a ficar traumatizado, coração aos pulos, tão inesperada era ela nos sintomas externos.

O pai e a mãe, de mãos dadas (de outra maneira ninguém entendia...), caminhavam no meio do povo, separados, por vezes, para novos abraços (e tome tapa!), dando ao filho uma estranha, mas tranquilizante, sensação (e tome foguete!).

Mas a festa era dos pais. Ele seguia de perto, quase esquecido. Os de sua idade ficavam de longe, a olhar desconfiados o filho da importante Loja da Moda, quase no Largo da Feira. Era um menino "alvo, rico e bem decente", para usar a adjetivação elitista frequente nos folhetos de cordel e na voz dos improvisadores sertanejos.

Afastava-os no começo a impossibilidade de comunicação. Uma timidez recíproca os tolhia. Seu Salomão, quando chegara, muitos anos antes, vinha falando uma língua intermediária, aprendida nos dissabores da Argentina. Com boa vontade os homens se entendiam. *Tuerto* era torto, *muerto* era morto, *puerto* era porto, *suelto* era solto, *diablo* era o cão, *buei* era boi, *vaca* era vaca mesmo. Dentro em pouco ninguém sabia ao certo se ele estava empregando a língua que trouxera da estranja ou se já estava trafegando nos domínios da que estava aprendendo, no afã de fazer bons negócios e melhores amigos.

Já Noel não tinha a mesma língua-ponte que azeitava os encontros. *Shalom* era mistério impenetrável para os garotos da terra. "É a tua!" não lhe produzia a menor impressão.

Tinham que se contentar com gestos, risos, palavras apontando as coisas...

– Gato...

E o gato fugindo...

– Bunda...

E a morena envergonhada.

Aos poucos, muito aos poucos, iam se arrumando.

Até que chegou de Maceió, capital do estado, onde desembarcara mais de um ano antes e onde o pai também era amigo do rei (conhecia o governador, dava-lhe tapinhas nordestinos nas costas, ou pelo menos na barriga), o primo Jacó.

Iniciação entre os gentios

Aquele primo era um barato.
   Já sabia tudo.

A terra não tinha segredos para o seu riso malandro.

Explicava os costumes, desfazia dúvidas, dominava a língua inteiramente, em particular os palavrões.

Aliás, Noel surpreendia-se agora de já ter ouvido e de reproduzir com perfeição, tão repetidas eram no seu dia a dia, as palavras com que Bocage retratava a mãe de amigos e inimigos ou batizava os múltiplos mistérios e minúcias do sexo.

Não era à toa que seu Salomão fingia não ouvir, tantas vezes, ou parecia tão ocupado que não lhe podia dar a menor atenção. A verdade é que o pai não sabia se devia manter aquele ar de rabino escandalizado diante de uma blasfêmia ou deixava explodir a gargalhada tão sua, quando surpreendia o garoto a delibar, desejoso de aprender, o sonoro vocabulário recolhido no trato com a juvenil delinquência ou irreverência canhotense.

Jacó morria de rir com as aventuras e os sustos do primo.

– Nada disso, bobo! Não era um pedaço de pau que o negro estava comendo na estação do trem. Era cana que ele estava chupando. Você vai ver aqui em toda parte. É do caldo de cana, uma gostosura, que se faz o açúcar...

– Não é de beterraba?

– Era. Lá fora. Aqui, não. Isto aqui é uma terra com açúcar.

O garoto de Ananiev, divertido também, sorria. O pai vivera, no começo, aventuras iguais.

– Difícil é aprender a língua.

– Parece... Quando perguntarem qualquer coisa, responde: "Bem, obrigado". Quase sempre dá certo.

Não era bem uma solução. Apenas uma cilada. Jacó era tão moleque quanto aqueles *goim*¹ de Laje do Canhoto. E quase tão moleque quanto o seria, muito breve, o primo Noel.

---
1   O mesmo que gói, isto é, não judeu. (N. E.)

A CONFIRMAÇÃO

Um céu aberto, a nova terra.
Quando lhe vinham à mente coisas de seu tempo ainda perto, a história daqueles fugitivos, por exemplo, que ainda na véspera da noite dos sapatos feios, tinham sido metralhados na beira do rio, encolhia-se, num arrepio, procurando acreditar, sem muita esperança, que o seu povo se libertaria, cedo ou tarde, do seu pesadelo secular. Pobreza tinha em volta, miséria infinita. Ignorância também. Mas alegria igual à de seu pai, no meio daquela gente, nunca vira em ninguém em Ananiev ou na longa jornada por Galatz, Bucareste, Hamburgo.

O primo Jacó viera facilitar o seu relacionamento com os meninos pobres que ficavam de olho comprido admirando, sem poder comprar, os sapatos e roupas, os penicos de esmalte, alamares, colchões e mil bugigangas da Loja da Moda. Pena que Jacó tivesse de voltar, mais dia menos dia, para a capital, onde os seus o chamavam. Mas Jacó o familiarizara com os macetes da terra, os pontos de encontro, as motivações de travessura, as molecagens nos trilhos da Great Western, os quintais onde roubar fruta, as curiosidades clássicas do sexo, comuns a judeus e gentios, os chefes de bando, as ingênuas maldades.

– Diz *baistruc* em brasileiro.

Noel obedeceu.

Foi saudado com palmas. Estava iniciada, em definitivo, a confraternização igualitária, que agora não teria mais problemas, porque o judeuzinho ucraniano (eles nunca se deram conta de que ele fosse judeu) tinha o dom natural de aprender línguas.

Quando Jacó teve que regressar para Maceió, Noel já era, de pleno direito, mais um moleque em Laje do Canhoto, que mudaria o nome para São José da Laje e uma enchente maior, do rio pedregoso, anos depois, riscaria do mapa.

Maricota 17

Um quarteirão abaixo, mais perto da estrada de ferro e do rio, ficava a Rua da Corda, tortuosa e esburacada, onde uma professora cabocla, dona Eugênia, iniciava nos domínios do saber impresso o trêfego molecório de Canhoto.

Um dos primeiros cuidados de seu Salomão fora matricular o filho na escolinha, convívio que o ajudaria a dominar a língua e fazer amizades.

Curriculum, o mais sumário. Duas matérias apenas: cartilha e tabuada. Com o resto, os garotos que se arrumassem depois. Muito dono de engenho nem aquilo sabia, embora de lugarejos como aquele e de idênticos não recursos por vezes saíssem homens como Jorge de Lima e Graciliano Ramos, então já adolescentes, alagoanos de fazer orgulho a qualquer terra de cartaz maior.

A escola não podia ser mais pobre. Mesinha para a professora e uma cadeira. Só. Decoração, um crucifixo na parede. Estímulo à juventude, uma palmatória, também pendurada. Competia a cada Graciliano do futuro trazer, todos os dias, seu tamborete, sua lousa, sua lata de querosene, seu lápis. Noel levava os seus pertences (o pai tinha à venda), mais de olho na palmatória que na imagem sagrada.

Solteirona empedernida, cansada de anos ou decênios de transmitir as mesmas lições de comunicação mal remunerada, tanto assim que a mãe, no quintal, vigiava o sabão de cinza a ser vendido na próxima feira semanal, dona Eugênia, com impaciência, recebia os alunos:

— Bom dia, professora.

— Já sei, já sei.

— Dia, fessora!

— Arrume o tamborete!

Com rápido olhar, seguro e punidor, acusava dedos sujos e orelhas craquentas.

– Sentar!

Sentados.

A cultura não podia esperar.

– Uma vez um?

Era a partida.

Toda a classe, numa cantilena só, triste, arrastada, punha-se a recitar a tabuada, enquanto dona Eugênia, sempre diligente, mergulhava nas meias por cerzir ou no crochê de lenta evolução.

Indiferença talvez aos apelos do futuro nacional? Engano. Ali é que os muitos anos de cancha revelavam seus dotes agudos de educadora sertaneja. Ai do garoto que, no meio do monótono recitar coletivo, cometesse um "3×7, 20" ou um "5×9, 50"! O ouvido inenganável de dona Eugênia não se deixava iludir. Denúncia imediata. Ela fulminava, com implacável precisão, o matemático em falta.

Se era a primeira vez que a vítima incidia em tal erro, dona Eugênia se limitava a apontar a parede:

– Olha quem tá olhando o teu erro, bichinho!

O bichinho sabia não ser o Cristo perdoador de pecados, mas a palmatória. Se era reincidência, porém, a palmatória deixava, rápida, a parede rachada. E que impacto! A julgar pela violência transmitida ao instrumento de tortura, dona Eugênia seria capaz de erguer com um só braço, na ponta dos dedos, o tacho de sabão de cinza que a mãe remexia.

A classe vivia cheia de edemas e equimoses, depunha mais tarde o médico Noel Nutels, que nunca soube quem, nem quando, nem por que, gravara um dia, no cabo do fatal instrumento, uma inscrição que dona Eugênia jamais se dera ao luxo de tirar: Maricota 17.

Era a Maricota 17 que todos temiam. Da Maricota 17 machinhos e machões futuros apanhavam tremendo. Diante da Maricota 17, ou debaixo dela, muito valente chorou, muito futuro cangaceiro se molhou.

– Mamãe!

– Mamãezinha!

– Minha Nossa Senhora!

Alguns, numa suprema revolta, tentavam, sem conseguir, uma frase desesperada:

– Filha da...

Maricota 17? Dona Eugênia? Uma pancada mais dura, ou em ponto mais vital, lhe cerceava a manifestação do pensamento.

A aula de soletrar (fe-a-fa, fe-e-fe, fe-i-fi... me-a-ma, me-e-me, me-i--mi) era vivida no mesmo regime de terror, com riscos iguais, em semelhante cantarolar, embora num cantochão diferente. Pela toada, de longe, quem já passara pela escola ou tinha nela algum ente querido, sabia se era por erro de letra ou de cifrão que alguém ia urrar dentro em pouco.

Às vezes era o próprio Noel, cujo único alívio, dele e da classe, era sentir o trem da Great Western se anunciando de longe, bufando nos trilhos, bufando e apitando.

Sempre que havia chance, nele os garotos se vingavam, não propriamente da Maricota 17, mas das circunstâncias que a tornavam possível.

Infelizmente a vingança era rara.

Exigia muita mão de obra.

Mobilizava muita picardia...

JANGADAS DE BANANEIRA E OUTRAS VIAGENS NO SERTÃO

"Somente agora começava a minha infância", afirmou Noel, já no fim da vida, ao recordar seu tempo de Alagoas, as mil incursões pelos mares do sexo, levado pelos ventos da criatividade sertaneja, as corridas desvairadas do chicote-queimado, o assalto a sítios e quintais, o sabor inesquecível das frutas roubadas, as violentas emoções da jangada infantil: troncos de bananeira, três ou quatro, lado a lado, ligados por varetas, com reforço de embira, rolando correnteza abaixo, quando o rio subia...

A odienta e odiada Maricota 17 jamais conseguira impedir que Noel e seus cabras vivessem plenamente as alegrias selvagens da infância, os improvisos de todos os dias, antes e depois da tortura das aulas.

A classe era apenas um mal necessário na vida de todos... Nenhum deles estava interessado em acompanhar ou imaginar as aventuras e desventuras do nove multiplicado por oito, dividido por quatro e multiplicado por cinco, requintes de inquietação matemática aos quais dona Eugênia os convidava, por vezes, quando ela própria, por seu turno, resolvia dar um "sai da frente" na rotina... Ninguém queria penetrar nos meandros da escrita, num tempo em que *sistema* era na base do "y", *pronto* não se pejava de aparecer com um "m" e um "p" no meio e *farmácia* era com "ph" – "pharmácia", sim senhor...

Importante, mesmo, era forçar a cerca de dona Eugênia, roubar no tacho o sabão de cachorro em quantidade suficiente para envenenar os trilhos da Great Western of Brazil. Maravilhoso era ficar escondido no mato paquerando (o trem passava no fundo da Loja da Moda, pertinho da escola) ou esperar mesmo na aula (tudo dependia não do horário, mas dos atrasos) com um olhar de coroinha que bebeu o vinho do vigário, a passagem do trem. Como atrasava o cabra da peste! Mas que delícia pressentir o leviatã domesticado bufando imponente, vai não vai no trilho ingrato!

Aquilo era vida!

Novo mundo era aquele!

Correrias, palavrão, fruta roubada...

Grande era a arte de localizar os melhores cajás, as mangas mais doces, o ingá mais aveludado, a pitomba menos ácida, a romã aberta ao sol, vermelhos se mostrando, com insetos no meio, as jacas imensas, que já tinham sido capítulo no folclore nascente da família. Glorioso fora descobrir o mundo sem fim das bananas, desde a prata, a ouro, a maçã e a roxa até a comprida, "que a gente comia cozida no café da manhã". Tudo aquilo eram coisas nem sequer sonhadas em Ananiev. Nem a invasão daquela verdadeira floresta de cacau no sítio abandonado dos Tavares, situado numa ilha de fantasmagóricos apelos... "Quando criancinha, ainda na Europa, nunca me ocorreu vir um dia a conhecer o fruto do qual se originava o chocolate, uma das raras alegrias da minha infância até ali tão sofrida e conturbada."

Para excitar ainda mais a sua imaginação, naquela terra de tão fabulosos imprevistos, mendigos e romeiros, beatos e cangaceiros passavam aos bandos. Gente fugindo às volantes, aos cabeças-secas. Gente de alpercata leve, pleque-pleque na poeira da estrada, saindo, voltando ou passando de ou para Juazeiro do Norte, onde padre Cícero fazia milagres ou prometia fazer. Povo cansado e faminto, com enfermidades ou problemas "para meu padim pade Ciço num instante arresolver". Multidões fanáticas, no primário misticismo sertanejo, buscando remédio para as mil misérias do povo, desde a falta de chuva aos pequenos apertos da vida.

> Eu não tenho autoridade,
> mas sei que não digo à toa:
> Pade Ciço é uma pessoa
> da Santíssima Trindade...

A princípio com medo, aproximando-se depois (até os cangaceiros tinham fala mansa), começando pelo entender das palavras e a seguir pelo entender dos problemas (matéria-prima de toda a sua vida futura), o menino judeu vai crescendo. Cada vez mais longe de Ananiev (onde também havia fanatismo e crimes semelhantes). Cada vez mais enraizado naquela terra batida de sol, dulcificada pela cana-de-açúcar e por mil frutos capitosos. E onde, aos seus companheiros de ilegalidade infantil, nunca a nenhum lhe ocorreu chamá-lo de judeu, nas brigas tão frequentes e tão iguais no mundo todo.

Aliás, em Laje do Canhoto, somente se lembrava dos judeus o vigário, um padre francês, nascido no tempo e na pátria da Questão Dreyfus. Com regularidade quase semanal ele descrevia, para um auditório distraído, num mau português por poucos entendido, os crimes que tanto trabalho haviam dado ao Santo Ofício. E com regularidade absoluta ia sentar-se, no ajantarado dos domingos, à mesa dos Nutels, onde alguns pratos europeus sobreviviam, nas mãos de dona Bertha, à irremediável aculturação.

— Como é, seu padre, o senhor diz aqueles horrores todos, no sermão, contra os judeus, e depois vem comer em nossa mesa?

— Aqui não está o padre — dizia ele, de olhos nadando em luxuriosa expectativa —, aqui não está o padre. Está apenas *le citoyen*...

Cidadão do mundo era um prato francês que os judeus tinham ajudado a temperar.

A DIFÍCIL JOGADA

Mas um problema familiar estava tomando corpo e crescia a cada ano que passava.

Para Salomão um susto e uma carreira de proporções históricas tinham tido solução inesperada e amável na pacatez do sertão das Alagoas.

O fracassado vendedor ambulante de Buenos Aires (*Chiquitos! Chiquitos!*) e o antigo fornecedor do exército do tsar na guerra russo-japonesa do início do século (nada ficou nas memórias da família sobre esse episódio e Noel se recusava por princípio a comentá-lo), estava agora em porto seguro, lugar remansoso. A vitoriosa recepção dos Nutels ao deixarem o vagão tão Ascenso Ferreira da Great Western bem o mostrara.

Seu Salomão, aliás, Salamão e afinal major por vontade e criação popular, havia encontrado a paz que Europa e Ásia, Buenos Aires e até mesmo Recife lhe haviam negado.

Pelo jeito não pretendia sair do lugarejo que uma enchente maior, no futuro, apagaria do mapa.

A cidade e os arredores se abasteciam de tudo na Loja da Moda (boa ideia aquela de vender a prestações!) assegurando a estabilidade dos Nutels, com boas sobras para o pé de meia.

Conflitos ideológicos ou religiosos não o perturbavam. O padre local estava agora muito mais empenhado em deter a invasão de bíblias e novas seitas que lhe disputavam o mercado, que em combater aquele judeu de bom *shalom* e de mesa melhor, mais interessado na sua e na sobrevivência dos seus que em qualquer proselitismo no sertão. O velho até, por displicência ou *public relations*, contribuía generosamente para irmandades e obras pias.

Nunca o novo e pacífico major, cuja especialidade era fazer amigos, herança maior que a seu filho deixava, se vira tão sem queixa da vida. Provavelmente jamais pensou em abrir mão da Loja da Moda e de sua distinta clientela.

Mas o garoto se excedera na adaptação ao novo meio. Que fora rapidíssima. E que assustava. Era um meninão pai-d'égua, crescendo mais do que os outros, alegria, nesse caso, dos pais, mas ainda mais moleque, mais irreverente, mais da terra. Não fossem as sardas e o cabelo de fogo, dentro em pouco ninguém o admitiria como tendo crescido entre o ídiche e o russo. Confunde-se, numa alegria selvagem, com os misturados da terra, de todas as tonalidades de pele, irmão deles nas mil aventuras e logo líder no assalto aos frutos do pomar alheio, na febril gozação do trem cansado, no palavrão que libera os recalques, aprendiz e ganhador de experiência sexual com bananeiras desinteressadas e animalejos dignos de maior respeito.

Matriculado logo nos primeiros dias na classe de dona Eugênia, numa tentativa de identificação com o novo meio, meses depois já era Noel o líder natural da molecada.

E à medida que os anos passavam e o menino crescia, sabedor antigo de coisas da Europa, cada vez mais sabido nas coisas da terra, já sem nada que aprender nas escolinhas locais, onde cada aluno, para não assistir às aulas de pé, tinha que levar o seu tamborete ou sua lata de querosene, os pais o olhavam com a maior inquietação.

Evidentemente não era para chefiar curumins no sertão de Alagoas que Salomão mandara vir o filho de tão longe (o "prazer em conhecer" tinha sido aos nove anos do filho e aos 45 do pai...). Nem, muito menos, para comandar cangaceiros que se abriam como frutos maduros ao sol sertanejo. Nem mesmo para, dentro de dez ou quinze anos, ser abastado herdeiro da próspera Loja da Moda, muito respeitada na praça.

Bertha olhava para mais altos montes. Salomão também. E o problema era tanto mais grave quanto mais rapidamente ia Noel deixando de ser o judeuzinho amedrontado de Ananiev ou de qualquer outra cidade grande ou pequena, da Rússia ou do mundo. Não havia, ali, como neutralizar aquela perigosa desintegração. Ou integração, conforme o ponto de vista.

Num raio de centenas de quilômetros difíceis de percorrer nada havia que estimulasse o garoto a se abeberar nas suas origens. Sinagoga não havia, nem colégio de seus maiores nem convívio dentro da tradição, a não ser o caseiro, geralmente não o preferido pela infância ou adolescência.

E analisando o problema por todos os lados, três ou quatro anos depois o velho é levado a uma decisão sancionada de coração pequenino por Bertha, que mandava na casa: o judeuzinho da Ucrânia, garoto pai-d'égua de Laje do Canhoto, iria estudar em Garanhuns, entre incircuncisos. E o que é mais terrível: num colégio de padres.

Não havia outro jeito.

Dos males, o menor.

A LENTA DESCOBERTA

Era questão de pegar ou largar.

A falta de escolas na cidade (só havia primárias) e o "preconceito de ter um filho doutor" (explicação que Noel daria mais tarde) justificavam bem o risco assumido pelos pais.

Foi grande o risco.

Já em fim de carreira, entrevistado pelos rapazes d'*O Pasquim*, Noel conta que em certo momento chegara mesmo a ser católico.

– É uma religião linda – afirmava risonho. – Não há criança que aguente nem índio que aguente uma missa, um mês de Maria, aquelas cantigas. É uma religião que atinge a gente em todos os sentidos.

Com o tempo, o católico amador desaparece, como aparentemente desaparece o judeu.

Mas o colégio dos padres na chamada Suíça Pernambucana (ele recorda a sério o apelido) é lembrança que o acompanhará ao longo da vida ("... do qual tenho uma enorme saudade").

Aliás, tudo leva a crer que é no Brasil, só no Brasil, que Noel vem encontrar material para desabrochar em saudade. Em Laje do Canhoto mergulhara de ponta-cabeça no açúcar. É a "terna e doce infância alagoana" de que tanto falaria.

Em Garanhuns, num clima de primavera civilizada (outra possível razão para o risco assumido pelos pais), o insubmisso e irreverente Noel já não pode ser tão plenamente o garoto "embriagado pelo cheiro da liberdade e pelo gosto da aventura" que explodira em Laje do Canhoto, depois São José da Laje, depois nada.

Mas Noel era e seria sempre sensível à qualidade humana encontrada, quando havia, nas gentes do seu convívio.

O judeuzinho prevenido e desconfiado (está ali apenas para um dia ser doutor) não encontra qualquer agressividade ou resistência entre aqueles gentios.

Como explicá-lo? Seria, porventura, a "boa índole brasileira", tão famosa e decantada? Ou não seria tudo pura coincidência e nada mais?

Não importa...

A verdade é que, entre os colegas e professores do seu novo cotidiano, há um homem cuja grandeza o impressiona, mais uma saudade que vai cultivar pela vida: o padre Antero Pequeno, "que nunca tentou fazer proselitismo comigo, jamais tentou me converter".

Esse não proselitismo inesperado vai ter influência, sem dúvida, na sua juvenil adesão, sem crítica ou pensamento maior. Por sinal que esta meia influência deve ter contribuído para que não se prolongasse por muitos anos sua permanência em Garanhuns. Porque os pais o querem mais judeu, naturalmente. E porque a boa Garanhuns de clima e frutos europeus está destinada a ser apenas uma etapa em sua formação brasileira.

Na realidade, ele não nascera para Ananiev nem Laje nem Garanhuns, nem mesmo Recife, que vem a seguir.

Noel não se prenderá jamais a cidade nenhuma, de pequeno ou grande porte.

Seu destino é aquela "selvagem liberdade" vivida pela primeira vez no interior de Alagoas.

Sua gente não vai ser apenas aquela que traz nas memórias da carne e do sangue. Com ela se confundem os anônimos do mundo, em especial os anônimos do país em cujo seio descobriu alegremente a própria infância. Ele vai logo aprender que os perseguidos e espoliados estão em toda parte, batidos por todos os ventos. Nem sempre são judeus ou só judeus. E nem sempre sabem lutar, como os judeus, pelo direito de sobrevivência.

A CONQUISTA DO RECIFE

Não há *pogrom*, não vai haver, judeu não é, nazismo é longe.
Vai caminhando a década de 1930.

Noel já frequenta a Escola de Medicina (o "doutor" vai sair), havia terminado os preparatórios no Instituto Carneiro Leão.

É, acima e antes de tudo, um rapagão irreverente, desinibido, exuberante de humanidade, já no primeiro encontro um velho amigo.

– É difícil a gente dizer quando viu Noel pela primeira vez. Sempre se tem a impressão de que foi antes – depõe, com palavras iguais ou quase iguais, um certo Lourenço da Fonseca Barbosa, que ninguém conhece como tal, mas que todo mundo reconhece quando identificado como o velho Capiba de "É de Tororó" e tantos frevos e maracatus, muitos dos quais Noel ajudou a lançar.

Tinham sido ambos companheiros de pensão e noitadas boêmias naquele Recife onde Noel viera concluir o ginásio.

Garanhuns já se fora, trocada pela capital. Talvez seus pais tivessem a ilusão de que Noel seria homem de cidade grande, precisando de cidade cada vez maior para cada nova etapa vitoriosa de sua carreira.

Fizera o instituto recifense onde já não havia padres nem missas. Vivia agora com bom humor e displicência a obrigação, para ele fácil, de fazer média e passar de ano rumo ao diploma de doutor.

Aparentemente, aulas, provas, mestres e exames não passavam de males necessários, exatamente como o fe-a-fa e o fe-e-fe, o seis-vez-cinco e o seis-vez-seis de dona Eugênia na Rua da Corda, já quase no rio, em Canhoto. Precisava apenas corresponder, com dignidade, ao sacrifício dos pais, já que a Loja da Moda não rendia tanto assim, a praça não andava boa...

Mas tudo era levado na flauta, ou melhor, no frevo. Ele companheirava com um abastecedor cotidiano do frevo em início de projeção nacional, conquistando a cidade. Principalmente a mocidade... Cabra de cabelo de fogo identificado pela genuína pronúncia nordestina com o homem da rua, até fisicamente estava começando a parecer cabeça-chata...

O sarampo do catolicismo, apanhado na cidade serrana, já devia ter passado. Ainda assim, ninguém via, a não ser casualmente, Noel no convívio dos que seriam sua natural companhia, tão do agrado dos pais.

O gênio alegre, o talento histriônico, toda uma situação resumida numa frase, toda uma caricatura num gesto, o dom de narrar, o segredo do suspense, as chaves da comicidade e aquele conquistar de amigos, já famosos no major, haviam-no transformado numa das sensações do velho Recife. "Levantai, ó portas, as vossas cabeças e entrará o Rei do Riso..." Ascenso Ferreira, grandalhão de corpo e chapéu, se orgulhava do intérprete que o superava no próprio recitar dos seus poemas. Clubes e salões o convidavam. E até nos serões do palácio o governador Lima Cavalcanti se deliciava com aquele ator que esbanjava talento.

Lé com lé, cré com cré, bom com bom. Bons são os amigos que tem, não apenas estudantes. Um, por exemplo, sempre às voltas com a polícia, é o incomparável Rubem Braga, chegado do Sul. Publicava, nessa época, no dia a dia de um modesto jornal comunista, *A Folha do Povo*, as crônicas futuras de *O conde e o passarinho*, tendo abandonado pouco antes o *Diário de Pernambuco*, onde recebia um ordenado régio para o tempo. O melhor dos rapazes de medicina e direito, da música, das artes plásticas, da jovem literatura, formava o seu bando: o citado Capiba, que além de compositor estudava direito e trabucava no Banco do Brasil, os irmãos Suassuna, Saulo, João e Lucas, gente grande do Nordeste, Luís Canuto, Arino Barreto, muitos outros. As mil carreiras do futuro. Gente que ia funcionar e gente que se apagaria na mediania do tempo, todos viviam uma embriaguez comum e inconsequente, troçando de tudo e de todos, numa tentativa, talvez, de esquecer o que lavrava no Brasil e o que raivava no mundo.

Desinteresse? Inconsciência? Despistamento? Fuga?

Intimamente, cada um buscava o seu caminho.

Intimamente, cada um esperava a sua hora e a sua vez na vida que chegava.

Noel teria a sua. Não sabia qual, ainda. Mas não lhe fugiria, não a deixaria escapar. E nunca perderia a esportiva: com a maior bravura e com a mesma estranha, fecunda e teimosa alegria.

Orquestra de mão e beiço

Um menino acompanhava de longe, no interior da Paraíba, as façanhas de Noel e seu bando. Era um quarto Suassuna, seria o Suassuna mais traduzido no mundo: escreveria, no devido tempo, *O auto da Compadecida* e *A Pedra do Reino*.

Ariano era freguês de caderno das peças daquele folclore em formação. Elas chegavam, contadas em carta, multiplicavam-se, contadas de viva voz, quando os três irmãos que estudavam no Recife apareciam, nas férias de fim de ano, pelas bandas de Taperoá.

Para ele e seus amigos, que ainda continuavam na província menor, aqueles rapazes eram "verdadeiros tipos de novela", novela, de seu natural, picaresca... Noel, sempre o mais irreverente, não satisfeito com os fatos vividos, inventava histórias em que envolvia os colegas. Uma de suas vítimas prediletas era o próprio Capiba, seu amigo mais chegado e companheiro de quarto desde a pensão de seu Guima.

Numa delas, o professor Gervásio Fioravanti, glória da Faculdade de Olinda, onde Capiba se faria bacharel, realizando assim uma das aspirações mais caras ao coração da pequena burguesia brasileira, teria pedido ao compositor, já famoso, que definisse o direito.

O rapaz tremeu nas bases.

– Direito... direito é... é... como direi? Já sei, professor! Direito é uma espécie de círculo dentro do qual nós obramos...

– Acaba de descrever um penico – teria interrompido o professor.

O bom Capiba não se queimava.

– Ele me bota na história e ainda me deixa com fama de burro...

Ou com fama de doido, como outras vezes fizera.

O compositor, de boa paz, procurava revidar, nem sempre com a mesma inventiva, que ele era bom, mesmo, era no frevo.

Deles e de muitos outros eram os casos que empolgavam Ariano. Seu irmão Saulo contava que um dia, ao abraçar o cronista de *O conde e o passarinho*, recuara assustado.

– Você tá armado, homem? É revólver?

– Não. Martelo...

– Endoidou...

– Endoidei não. Eu detesto paletó no chão. Cadeia no Recife é um desconforto. Se "eles" me pegam por aí, sem aviso, eu já tenho o meu prego, enfio na parede, penduro o paletó.

É que a polícia, virou-mexeu, prendia o cronista, na época um subversivo de assustar famílias.

Com galhardia, flanavam todos, bem-humorando a cidade.

Uma de suas manifestações de equipe, a orquestra de "mão e beiço", tomava proporções antológicas.

Quase todas as tardes, por volta das cinco horas, a patota, vinda de todos os cantos, se encaminhava para a Praça da Independência, concentração diante da velha igreja de Santo Antônio. Chegavam todos já afinando ruidosamente instrumentos musicais invisíveis ao olho comum, apenas presentes em gestos, trejeitos, caretas e sons caricatos. Quinze, vinte, às vezes mais, compunham a orquestra, cada qual dentro da sua especialidade. Saulo Suassuna era clarinetista bom de movimento e de som. João preferia instrumento mais espetacular, o trombone de vara. Este soprava com arte uma flauta inexistente, aquele caprichava num saxofone que não havia. Povo começava risonho a se juntar. A orquestra ia tomando corpo. Afinal, lá pelas tantas, sopesando um bumbo imponente não menos imaginário que os demais, surgia festivo, risonho, cabelo de fogo, o puxa-fila. Era Noel. Que também precisava afinar o bumbo e auscultava com carinho o austero instrumento. Organizava-se o desfile, Noel à frente. Coluna por dois... Marcha... Lá iam eles, barulhando na tarde... Rua Nova, Rua da Imperatriz, Praça Maciel

Pinheiro, Rua da Conceição. Gente corria às janelas. Criançada batia palmas. O povo ria. A orquestra chegava, afinal, à Gervásio Pires, rua cujo nome recordava um dos heróis da Revolução Pernambucana de 1817. Era conhecida na intimidade como Rua dos Pires.

Nessa rua, havia então, muito recente, uma pensão, uma pensão no 2-3-4. Nela morava Noel, morava Capiba, moravam dois ou três componentes da orquestra. Eles, vivendo como na própria casa. Noel vivendo propriamente em casa. Lá vivia agora o major Salomão, esposo da proprietária, que dona Bertha se chamava.

A diligente *balabusta*[2] deixara, afinal, São José da Laje, novo nome de Laje do Canhoto, onde a Loja da Moda cada vez rendia menos e onde as saudades do filho cada vez cresciam mais. Os pensionistas ajudavam a família a sobreviver unida, mesmo porque o bom Salomão acabava de fechar, por fracasso total, a lojinha de miudezas, uma porta só, que instalara junto ao *Diário de Pernambuco*. Era sua primeira e última tentativa de se estabelecer no Recife.

---

2   Expressão ídiche derivada do hebraico (*ba'alat-habayit*) para designar a dona de casa judia, empregada com uma conotação positiva. (N. E.)

A PENSÃO DE DONA BERTHA

O sobradão acolhedor que se erguia no 2-3-4 da Rua dos Pires estava destinado a se prolongar na biografia ou na saudade de muita gente boa naquele agitado Recife dos anos 1930.

Dominava-o com "sua figura imponente" (palavras do pequeno Capiba) e com sua capacidade luminosa de "carinho que só mãe nortista sabe dar" (palavras de Fernando Lobo), a presença múltipla da incomparável *balabusta* procedente dos longes de Odessa.

Para essa presença no Recife haviam contribuído a simpatia e o poder de persuasão dos irmãos Suassuna, que já faziam música na Batucada Acadêmica, uma das criações de Capiba, muito antes da orquestra de mão e beiço, tão popular na cidade.

Os Suassunas eram, de há muito, conhecidos em São José da Laje, através de cartas de Noel, assim como Noel era gente da casa em Taperoá, na Paraíba.

Realizavam eles uma turnê pelo interior com o fim exclusivo de angariar fundos para a Casa do Estudante, aspiração da mocidade recifense.

Membro e um dos líderes da Batucada, Noel, por óbvias razões, fizera incluir no roteiro a cidadezinha alagoana dos Nutels. Que ficaram maravilhados com os amigos do filho. A boa impressão fora recíproca, "aprovados" os velhos também... O papo era quente. Perguntas surgiam. Por que não se mudava o casal para o Recife? Por que não trocavam o estreito lugarejo sem horizontes por uma capital de grandes perspectivas? Lá haveria oportunidades boas, com certeza, para seu Salomão, já um autêntico sertanejo com seu chapelão de palha e seu jeitão de falar. Seria solução para os dois. Ficariam junto do filho, acompanhando-lhe os passos e as vitórias (outra coisa não queriam eles). Poderiam até reunir com lucro filho e colegas numa casa só, transformada em pensão. Ela não estava adorando a patota? Os rapazes não viam com água na boca os pratos onde duas tradições de tempero e ingredientes se fundiam na mesma aculturação de hospitalidade?

Insistir não foi preciso.

A batalha era fácil.

Mal se despediu a Batucada, rumo a novas praças do sertão, já o major tratava de passar adiante o estoque e os compromissos da loja, arquitetando novos planos (de plano era bom, dizia a mulher...). Na realidade, aos dois só uma coisa interessava: viver perto do filho.

Instalados pouco depois na cidade maior, o major abria timidamente uma porta modesta, ele que tinha um sobrado no interior de Alagoas. Estava, pela enésima vez, recomeçando a vida (era uma negação total em questão de negócios, a família sabia...). Esperança última do pequeno clã (tia Kelly se casara e tomara rumo, um patrício a viera buscar), dona Bertha abria uma pensão, como havia prometido aos meninos.

A notícia correu. Em poucos dias estavam preenchidas todas as vagas nos quartos. Uma era ocupada pelo Capiba, que tinha um defeito de pronúncia e em vez de vaga dizia vaca, fraqueza muito explorada nas pilhérias de Noel.

Com a influência e a qualidade dos pensionistas, imaginou-se logo que a pensão iria longe. Iria, em termos de saudade futura. Apenas. Como empresária, porém, dona Bertha só conseguia ser melhor que o marido (era fácil), mas tinha muito pouco do gênio da raça e mesmo de outros membros da família, que enriqueciam pelos quatro cantos do mundo, tangidos pela diáspora.

A pensão dava simplesmente para uma sobrevivência discreta. Satisfeita, porém, vivia a patota. Divertida e divertindo. Recitando. Cantando. Fazendo pilhéria. Criando música. Quando calhava, estudando. Tudo impelido por uma criatividade impetuosa. Pertencia aos acadêmicos de direito de todo o Brasil uma quadrinha melancólica:

> Eis aqui o resultado
> de cinco anos de estudo.

Um pedaço de papel
enrolado num canudo.

Na pensão da Rua dos Pires, Rubem Braga, também pensionista, acabava de descobrir uma utilidade inesperada para o seu canudo: matara com ele, em duas rápidas pancadas, um enorme rato que lhe entrara no quarto, perseguido pela rapaziada. O caso está perfeitamente dentro do clima em que viviam todos, o tempo a correr mais do que o rato e cada componente do bando quase tão feliz com a descoberta da vida quanto o Braga com a descoberta de uma aplicação, afinal, para o seu comprovante burguês de bacharel.

Um coroa no batuque

De boas intenções tinha sempre vivido. Animado pelas melhores e mais generosas intenções, deixara Ananiev nos primeiros dias de 1913, três meses antes do nascimento de Noel, que seria a 24 de abril, amargura de não conhecer o pai por muitos anos vivida.

Apesar das boas intenções e dos melhores planos, fracassara redondamente em Buenos Aires, seu primeiro porto.

Continuou fracassando até surgir, de mão beijada, Laje do Canhoto, onde se firmou pela primeira vez. Bem pensado, era até covardia aquela vitória... Não podia haver, entre os incircuncisos do sertão de Alagoas, qualquer concorrência capaz de enfrentar um judeu por errado que fosse. E provavelmente ele devia ter conseguido acertar o passo com a Loja da Moda menos pelo ecumenismo do estoque e pelo emprego de modernos processos comerciais já de rotina em outras praças que pelo seu dom inato de fazer amigos, capital de giro que o ajudava por vezes no infortúnio.

O pai que Noel descobriu logo no primeiro encontro, aos nove anos de idade, no memorável 27 de agosto de 1922, estava em inteiro desacordo com tudo o que havia sonhado nos últimos anos. Mas foi logo intuitiva e desesperadamente incorporado, numa entrega e aceitação totais. Não era bem um pai de seguro proteger e de largo prover (logo Bertha assumiria o comando da loja), mas com certeza de papo bom e convívio melhor. Um papo que venceu no primeiro contato, consolidando-se na longa viagem, dia seguinte, para o interior de Alagoas. Inesgotável. Irresistível. Fascinante. Sempre renovado com o passar do tempo. Mas, de cara, denunciava um homem mais à procura de assunto, como um novelista, que um chefe de clã. Era não homem de ganhar dinheiro, mas de "ganhar experiência...". Seus cinco anos de *mala suerte* em Buenos Aires compensavam-no à farta com um sem-fim de anedotas e aventuras armazenadas jovialmente para encontros futuros. A simples chegada ao Recife em 1917 com todos os seus ingredientes – a "jaca mole", mal deixara o navio, o "pega-alemão", logo a seguir, e a incrível coincidência do desembarque eventual de um passageiro displicente com a declaração de guerra de um modesto país sul-americano à arrogante Alemanha de Guilherme II – tudo parecia mostrar que o Destino já pegara o jeitão dele e arrumava os pauzinhos de modo a alimentar naquele boêmio o engenho narrativo e o gosto de viver. De viver pelo prazer puro de apenas ser, sem qualquer preconceito ou compromisso de vencer na vida...

Já nos primeiros dias da pensão da Rua Gervásio Pires 234, no tomar das providências, quase todos haviam farejado a verdade: quem sai aos seus não degenera. Noel tinha a quem sair. Seu pai era a explicação de quase tudo. Mas era também uma garantia de qualidade... Noel jamais seria torcido pela vida, pelo tempo ou pelo meio: tinha por quem puxar.

Conversador incomparável, anedoteiro teatral, Salomão era o camarada mais igual deste mundo. Igual ao filho. Igual com o filho. Igual com os amigos do filho. Um desses, o eterno Capiba, ao recordar mais tarde o dia em que o velho fechou com tristeza, por fracasso total, o armarinho junto ao *Diário de Pernambuco*, tem palavras que definem tudo: Ele podia voltar "à sua vida anterior", ao convívio dos jovens amigos e a se distrair e a distraí-los com "suas proezas de imigrante sem destino".

Foi por isso que a tristeza de Salomão trouxe alegria aos rapazes.

O que nenhum deles sabe, nem o próprio Salomão, é que o velho, errado e bom judeu tem os dias contados. Apenas Bertha e Noel o acompanham apreensivos, ouvido no angustioso e difícil respirar do incrível fumante que ele fora toda a vida. Se conseguisse chegar à formatura do filho seria motivo para erguerem as mãos como Davi: "Louvai ao Senhor com harpa, cantai ao Senhor com saltério de dez cordas".

Era por isso que Noel se fazia cada vez mais irreverente e brincalhão na presença do pai.

Um dia todos entenderiam.

Botando pra ferver

Proximidade, mas não fim.
    Salomão ainda teria oportunidade de acompanhar de perto, como figurante qualificado, os anos de mais doce irresponsabilidade e mais desenfreada euforia do filho.

Quente ele era, projeção do pai. Vivia a pleno vapor, pegando fogo.

– Seu Vigário!
Está aqui esta galinha gorda
que eu trouxe pro mártir São Sebastião!

    – Está falando com ele!
    – Está falando com ele!

Era um dos poemas de Ascenso, poeta que os compositores jovens musicavam e Noel tinha quase todo de cor. Amava-o pela irreverência risonha e lírica, pelo cheiro de terra, gosto de cana, protesto sem gritos, displicente denúncia.

Hora de comer – comer!
Hora de dormir – dormir!
Hora de vadiar – vadiar!

Hora de trabalhar?
– Pernas pro ar que ninguém é de ferro!

Para Noel, o momento é de viver-viver. O resto, depois, Deus é quem sabe.

Capiba e outros haviam fundado a Jazz Band Acadêmica (JBA), o segundo conjunto inspirado pelo estudante e bancário dos frevos e maracatus. Tempos depois, por desentendimentos menores, Capiba se afasta, outros planos em mente. Mas sua música vai continuar nos programas da orquestra e, para maior repercussão desta e seus shows, acabava de ingressar no seu elenco exatamente o grande amigo de Capiba.

O frevo estava em moda. *Jazz band* era apenas sinônimo brasileiro de "conjunto musical", esclarece Jota Efegê, historiador do carnaval e da música popular. De frevos, maracatus, maxixes e outras brasileiragens vivia a Jazz Band Acadêmica. Principalmente do frevo que vinha de estrear em termos literários, num capítulo-reportagem de *Seu Candinho da farmácia* (na ocasião ainda com ph), romance de Mário Sete, autor que se fizera famoso com *Senhora de engenho*, editado e reeditado em Portugal.

Nascido na última década do século anterior, viera o frevo ganhando corpo, acertando ponteiros, apurando os ritmos, multiplicando os passos, botando pra ferver, no Carnaval, as ruas e os salões do Recife. Estava agora maduro para ultrapassar as fronteiras, já em delírio na cidade. Saíra seu nome de *frever* e *frevura*, fogo no sangue, furacão nas ruas, apara-essa-bomba, granada de mão, bailarinos febris inventando figuras, fusão de passos nativos e passos multinacionais.

Aventura federal

Nesse ano de 1935 o frevo ataca em todas as frentes. Meta prioritária: Rio.

O mais famoso e arrastante dos clubes do Recife – o Vassourinhas – já havia chegado, com o maestro Garrafinha. Vinha convocado pelo saudosismo da colônia pernambucana, que é influente na capital e conta com verdadeiras usinas de cana em todas as camadas sociais, inclusive a política.

Um desses "usineiros" é Pedro Ernesto, médico ilustre, escolhido por Getúlio para governar a cidade. Bom pernambucano, Pedro Ernesto não se faz esperar... Providencia oficialmente as passagens, manda buscar os novos turunas recifenses, a Jazz Band Acadêmica. A Veneza Americana vive momentos de angústia. Nunca a partida da Seleção Brasileira para disputar a Jules Rimet apertou tanto o coração da torcida nacional quanto aquele embarque. Eles vêm para vencer ou morrer... Não pegam um ita no norte, como Dorival Caymmi, vêm de Lloyd Brasileiro, no *Bajé*, esclarece Jota Efegê, historiador do Carnaval e da música do povo. Espera-os, na Rua do Catete, o Hotel América. É hotel de meia estrela apenas, mas Getúlio mora perto... Dez contos de réis são assegurados ao farrancho, para despesas gerais. Providência boa... A maior parte está ali pelo puro amor do frevo, não traz e não ganha dinheiro pessoalmente. O que for apurado nos shows já tem dono, destina-se à Casa do Estudante de Pernambuco. Aliás, o Rio deve compreender e apoiar com simpatia a campanha, empenhado como está em cruzada semelhante sob a inspiração de Ana Amélia Queiróz Carneiro de Mendonça.

Mas os rapazes da JBA estão de férias, o Carnaval está pintando, o frevo é a sensação do momento.

Anuncia-se uma prévia – a 19 de fevereiro – para a imprensa e convidados oficiais. A expectativa é grande, o sucesso maior, delírio total.

Dois dias após, a 21 – já em pleno tríduo carnavalesco, para usar a linguagem dos cronistas especializados –, os estudantes se exibem perante o grande público no Alhambra, cineteatro que depois cede o lugar ao Hotel Serrador, há pouco devorado pela Petrobras.

Estão sendo lançados juntamente com um dos grandes êxitos cinematográficos do ciclo do Carnaval: *Alô, Alô, Brasil*. É um filme de Wallace Downey, produtor americano que também teve a sua hora. O filme vai dar milhões de quintilhões de nonilhões de réis (dez tostões eram mil-réis...). Reúne os grandes cantores de rádio e as melhores músicas do ano, receita infalível para orgias de bilheteria naquela fase do cinema nosso.

As duas atrações – o show e o filme – se alternam no palco do Alhambra. A rapaziada é mesmo boa. Já não precisa apelar para a imaginação do auditório como nos dias da mímica de rua no Recife. Tem agora instrumentos de verdade, sabe manejar, soprar e bater com perfeição. Traz uma jovem cantora que vai ser embaixatriz no futuro, Leda Baltar. "Canta o maracatu com a peculiaridade devida – sentencia o cronista –, emprestando-lhe a verdadeira expressão rítmica". Os jornais falam na sua beleza e na doçura da voz. "Tenho uma coisa para lhe dizer" e "Coração, ocupa teu lugar" levam o público a uivar de entusiasmo, pedindo bis. "É de Tororó", de Capiba, faz quase a casa vir abaixo.

Mas o estouro mesmo cabia a Noel. Ele surgia nos intervalos, como simples apresentador, mais que apresentador, apresentado. Entrava rindo e a plateia já ria. Um gesto seu, a gargalhada explodia. Fazia um comentário moleque ou soltava uma anedota e a multidão se desbarrigava, o cinema era dele.

Era no frevo, porém, que o pau de arara da Ucrânia se tornava imbatível. Um passista genial. Bem se via que o frevo era o ritmo de Pernambuco para o mundo, com todo o mundo posto em ritmo de frevo. Sua coreografia alucinante, aberta à improvisação individual, encontrava nele o passista sem par, grande no "parafuso", na "tesoura", na "dobradiça", na "chã de barriguinha" e no "saca-rolha".

Aliás, um dos passos mais desvairados do frevo Noel devia ter visto muitas vezes na sua infância, dançado na Rússia.

Pausa para um diploma

Quem o visse no palco do Alhambra, se desconjuntando, gingando, respirando maracatu e transpirando frevo, anedoteando no mais puro jeitão nordestino, jamais acreditaria no problema que deixara no Recife (o pai condenado) nem no que o esperava menos de dois anos depois, ao terminar o seu curso.

Como Leda, futura embaixatriz, e como os demais companheiros, o dedo nervoso esperando o anel de grau, Noel está de volta à Veneza Americana logo em seguida à vitoriosa excursão, que se estendera numa fuga a São Paulo no Teatro Santa Helena.

Fora uma experiência inesquecível. Muitos haviam mesmo recebido convites do incipiente *show business* paulista e carioca, sedento de renovação.

Páginas consagradoras de revistas e jornais cantavam como sereia na imaginação dos mais fracos. Mas todos regressaram dentro das previsões familiares. A vida volta aos eixos. Normaliza-se, em cada caso, segundo os padrões individuais de normalidade. Noel tem cânones próprios. Não é bem a carreira de pesquisador de gabinete que está provocando sua inteligência incomum. Não parece fascinado por esta ou aquela especialização entre as muitas, amáveis ou não, que a medicina oferece. Pelo jeito, não parece disposto a revolucionar a profissão.

Por enquanto, o que ele quer é passar. Está ficando brasileiro... Menos passar nos exames que passar o tempo... A vida é que é boa, não a doença, nem mesmo a dos outros, para alguns tão rendosa... Os colegas acompanham, olho atento, ouvido alerta, os prodígios de imaginação e os malabarismos a que recorre para driblar os professores, iludir-lhes a pergunta indiscreta, na classe, na banca de exame, nas enfermarias.

Comodista, trata de formar com Saulo Suassuna uma dobradinha em que o outro ajeita a bola e ele, implacável, chuta em gol. A um simples olhar do colega sabe se está no caminho certo ou se precisa mudar totalmente a resposta iniciada. O encosto é bom, ele bate às vezes na trave, mas no geral encaixa bem. E as anedotas, verdadeiras ou não, vão sendo incorporadas ao folclore cada vez mais rico de Noel.

Na realidade, o que todos esperam dele, mesmo entre os professores, é mais um boêmio no Recife ou no mundo... Apenas mais brilhante que a média, com mais talento a jogar pela janela. Era até de espantar que não houvesse ficado no Rio, onde o grande chutador da equipe (a frase é dele, falando a *O Pasquim*), tinha alcançado um êxito sem-par. O homem de teatro, que nele irrompia a cada passo, podia ser visto a olho nu.

Mas o pai perrengueava, dona Bertha era filha de Deus, tinha direito a um filho doutor, ninguém vence no Brasil sem de-erre antes do nome, opinião corrente no Nordeste, e a família nordestina se tornara. Eram só dois anos mais. O de-erre viria...

O Rio, porém, vivido exatamente antes, durante e logo depois do "tríduo", assim chamado por Vagalume, K. Noa, K. Rapeta, Diplomata, Pente Fino, Xá da Pérsia e os demais cronistas carnavalescos de todos os tempos, lhe entrara no sangue. 1935 havia sido o ano de "Eva querida", "Deixa a lua sossegada", "Morena eu te dou grau 10", "Implorar só a Deus" e "Cidade maravilhosa". Nesta, fizera amigos muitos e bons, encontrara companheiros já vindos da província, como José Carlos Burle, seu colega no Instituto Carneiro Leão, compositor que industrializara o "Meu limão, meu limoeiro", cineasta em perspectiva.

Claro que não iria abandonar a faculdade. Mas terminado o curso, resolvidos os problemas imediatos, arrumadas as malas, tomaria o seu ita no Nordeste. Ou mesmo o *Bajé*, novamente. Alguém bem situado no governo lhe prometera um lugar de médico num ministério qualquer.

Para quem estava ficando ou já se tornara tão brasileiro, nada mais natural que um emprego público, embora mal pago.

Aí é que o carro de Momo ia enguiçar. Iria dar galho. Mas em qualquer hipótese, com promessa ou sem promessa, ele viria.

Eva querida
quero ser o teu Adão...

Ouvira aquilo naquele Carnaval e, quando menos o esperava, estava a cantarolar, distraído, no vapor, os mesmos versos.

Tanto a Eva quanto o Adão em que pensava tinham se encontrado no Rio e traziam fundas raízes comuns. Recentes, na Rússia. Antiquíssimas, na Bíblia.

IMANÊNCIA

Somente ao fim da vida, para além de 30 anos mais tarde, iria Noel voltar ao pai sem a preocupação de esconder a ternura de minúcias que lhe devotava.

Durante decênios, ao acaso dos papos, o velho Salomão vai ser apenas o herói galhardo, quase pícaro, das mil anedotas de suas andanças.

Quando voltou, porém, a se entregar às remembranças do pai torturado nos últimos anos por um enfisema impiedoso, certa noite, em casa, Noel começou a reconstituir seus duros dias derradeiros. O velho sofria de maneira atroz, olhava a morte como um prêmio:

— É um direito que eu tenho! — dizia em português, que às vezes reforçava em ídiche, em russo, até mesmo em castelhano. (Ele fora provavelmente o primeiro a falar portunhol em Laje do Canhoto...)

Salomão, porém, fazia uma concessão, ou melhor, impunha uma condição: "mas depois do diploma!"

Não era, no caso, uma prova a mais do abrasileiramento que viera com a promoção a major pelo respeito sertanejo. Aquele diploma representava, para o velho, uma reivindicação a um tempo individual e coletiva. Em sua infância distante, e ainda na recente Rússia de Nicolau II, era praticamente impossível a um judeu frequentar a universidade e ser alguém fora do gueto, a não ser nos misteres de fazer dinheiro. Num dos ramos de sua família uma jovem, querendo estudar medicina, fora primeiro à polícia para "conseguir" o cartão amarelo de prostituta. O cartão – cortina de fumaça – chocava a moral vigente o indispensável para fazê-la esquecer, no caso, a condição inibitória de judia. Como prostituta, seria mais fácil estudar. Era um exemplo, até, de louvável recuperação social...

Mas o diploma estava chegando. Oferecer ao pai tão fácil consolo era o sonho de Noel naquele atribulado fim de 1936, o enfermo a bracejar, na sua respiração de náufrago, para não morrer antes da hora.

Os colegas de estudo, os amigos da pensão, no 2-3-4 da Rua dos Pires, acompanhavam com discreta simpatia, o ir e vir do filho inquieto, olhar ausente, coração apertado, atitude por poucos prevista no alegre *public relations* da Jazz Band Acadêmica, já de projeção federal...

– Como vai seu Salomão?

Um amigo, que repetia a pergunta de tantos, é surpreendido, certa vez, por um repentino clarão de revolta nos olhos de Noel:

– Está por dias. Está apenas esperando o meu diploma. Mas com certidão de óbito assinada por mim, ele não morre. Nem pagando!

O colega quase sorriu.

Noel continuou:

– A de seu pai eu assino. Assino a do pai de qualquer um. Do meu, não. De jeito nenhum!

Semanas depois, diploma conquistado, consuma-se o drama, vem o enterro, dentro do velho ritual israelita. Noel deixa, só, o cemitério onde repousavam, desde os tempos da guerra holandesa, os de seu credo. Aparece em casa, horas depois. Vagueara pela cidade, horas seguidas. Entra num dos quartos. Colegas seus estão jogando o sete e meio. Um deles, que vinha de chegar e não sabia do enterro, cantarolava uma canção de Capiba.

Erguem-se todos, constrangidos, afastando as cartas. O rapaz, só naquele momento informado, se desculpa confuso. Anos depois, um deles recorda.

– Podem cantar – disse Noel, impassível. – Tem jeito não. Quem morreu, morreu.

Ele só vai fraquejar, mostrando que ainda chora a lembrança do pai que fora conhecer aos nove anos, no final de sua própria jornada. O pai continua vivo. A própria dona Eugênia, a mestra quase surrealista do sertão alagoano. E, naturalmente, dona Bertha.

– Bertha com h – como sempre fez questão de frisar, defendendo-a nas intermináveis batalhas ortográficas da terra.

A primeira Nutels a nascer no Brasil, filha dele e de Elisa, receberá um dia, como herança, o mesmo nome, o mesmo h e a mesma alegre e irreverente humanidade, todo um patrimônio familiar.

O BOM CONVÍVIO

Jornalistas pernambucanos, romancistas baianos, judeus de arribada recente, jovens escritores de Sergipe e Alagoas frequentam a casa.

É tudo povo de Noel, gente do peito.

Eles se movimentam no apartamento de Samuel e da luminosa Bluma Wainer, residência dos diretores, redação da revista: é o 33 da Senador Dantas, uma rua de sabor provinciano, que os bondes sacodem.

Inquieto e agitado é aquele grupo de intelectuais e boêmios em viva posição de combate ao nazifascismo e ao curto período de Vargas, já em meio.

Noel chegara ao Rio em princípios de 1937. Trazia o tão desejado diploma de médico e talvez ainda cantarolasse o "quero ser o teu Adão" do Carnaval de 1935.

Era este, com certeza, um dos motivos de sua presença na cidade. Mas para a mudança contribuíra seguramente em muito a promessa de José Borba, seu amigo, alto funcionário do Ministério do Trabalho, que lhe acenara com o lugar de médico num dos departamentos do governo, sonho de todo início de carreira, ideal para quem, apesar de boêmio por temperamento e vocação, já tinha o coração comprometido.

Tudo parecia bem encaminhado.

Desembarcara na "Cidade Maravilhosa" (ainda era...) com pouco mais de setenta mil-réis (70$400, para ser preciso), importância que correspondia a 70 cruzeiros atuais, mas capaz de comprar, naqueles idos, dois bons pares de sapatos, quando os setenta cruzeiros de agora mal compram um par de chinelos de má qualidade. Fora ao encontro da prima (acontece que era prima e se chamava Elisa).

– Tudo bem?

– Tudo bem...

Vai ao ministério. Procura o velho amigo.

– Tá valendo?

Estava.

Mas de repente o outro se lembra de um pequeno detalhe:

– Você nasceu na Rússia, pois não?

Noel leva um susto.

– Eu?

– Você não dizia, sempre, que chegara ao Brasil aos nove anos?

– Ah! Sim...

– Você é naturalizado?

– Eu?

– Já fez o serviço militar?

– Eu?

– Para ser nomeado é preciso ser naturalizado e estar em dia com o serviço militar. Condição *sine qua*...

Nunca lhe passara pela cabeça, pelo menos nos últimos dez anos, a condição de não ser brasileiro, que praticamente passara despercebida aos seus amigos.

Estava de tal forma integrado no meio, com gente sua já enterrada no Brasil, sentia-se tão profundamente identificado, a poder de frevo, coco, embolada e maracatu, de amizade e noitadas, de pratos e livros, de amores e badernas, de Ascenso Ferreira e Virgulino Lampião, de Cancão do Fogo e Veneza Americana, de sarapatel e palavrões, de goiaba, de sapoti, pinha, manga e caju, Capiba e bicho-de-pé, cabra da peste e cheiro de mel de engenho, "meu limão, meu limoeiro" e xodó das morenas, que jamais pensava em termos de Rússia e poucas vezes se lembrava da religião em que morrera seu pai no velho Recife.

Chega a dizer nessa época ao jornalista que o descobre, fascinado pelo seu jeitão de Brejo das Almas ou Palmeira dos Índios:

– Não sou mais judeu russo da Ucrânia, filho de judeus russos da Ucrânia. Sou é mulato sarará e dos bons. Cabeça-chata, cabra safado. E aqui estou, brasileirinho da Silva, nordestino de papo-amarelo – documento da força de absorção desta terra selvagem. Com meu canudo de doutor, minhas marcazinhas de sífilis, aspirante a um emprego público, falando (mal) do governo.

O fato é que toda aquela brasilidade não sancionada oficialmente vai emperrar-lhe a carreira por um tempo. Começa a batalha da naturalização (como se ele não fosse um dos introdutores do frevo no Sul do país), batalha ganha só em 8 de maio de 1938, com o decreto assinado por Getúlio Vargas, que um dia ele conheceria pessoalmente.

Nesse entrevero, os setenta mil-réis vão para o brejo, suas ligações anteriores com pernambucanos, baianos, judeus, gente de Sergipe e de Alagoas o aproximam do grupo de *Diretrizes*, em cuja redação o papo é bom e onde o melhor da inteligência jovem do Brasil tem encontro marcado. Lá estão Jorge Amado, já internacional, Marques Rebelo, Aurélio Buarque de Holanda, Francisco de Assis Barbosa, Joel Silveira, Paulo Silveira, Hélio Pellegrino, Otávio Malta, Eneida, muitos outros, que ele vai encontrar em casa de Eugênia e Álvaro Moreyra, em tertúlias, jantares e domingos famosos.

Em *Diretrizes*, e através de seus colaboradores, Noel trava conhecimento com os grandes da literatura naquela hora de revisão de valores. Frequenta-os diariamente. É conviva ocioso, mas disputado. Traz uma provisão inédita de alegria sempre renovada, que era o seu entrar e sair. E está vivendo um romance cheio de mistério e fugas de automóvel, não por conta dele, que dinheiro não tinha. Um dos poucos mil-réis que nesse compasso de espera lhe chegam às mãos tem origem curiosa: é a metade do que teria pago a *Revista do Brasil* a Osório Borba, amigo feito em *Diretrizes*, pernambucano como o próprio Capibaribe, autor do primeiro capítulo da biografia de um mulato sarará de sobrenome Nutels: "De Odessa a Laje do Canhoto".

Fundamentalmente honesto, Osório, que também precisava – e muito! –, não achava jeito de ficar sozinho com os 100 mil-réis recebidos pelo artigo. Afinal, ele fora apenas o redator. O assunto pertencia, por inteiro, a Noel, que o vivera...

Pontos nos ii...

Cabeça-chata por obra do acaso e profunda e cordial aceitação, mais convincente que muito cabra da moléstia com raízes telúricas, um dia as ingerências de José Borba e as muitas amizades novas e antigas conseguem, para Noel, uma primeira nomeação: vai ser médico do Instituto Experimental Agrícola, em Botucatu, onde haviam crescido os irmãos Villas-Bôas, de presença posterior marcante em sua vida e vocação.

Não lhe deve ter sido fácil abandonar o Rio de tão bom convívio, palco de longas discussões literárias – por que não políticas, naquele ano de 1938, com Hitler a espumar e babar no Velho Mundo? –, um Rio onde era fraternal seu entendimento com os ocupantes nordestinos das principais trincheiras da arte e da literatura.

Esquecidas as sardas, assentado o cabelo de fogo, quase nada o diferençava dos demais paus de arara.

Quando muito, o fato de não ter romance nos últimos capítulos nem livro de poesia na gaveta.

Noel se contentava em ser inteligente, não tinha o menor cacoete intelectual.

Mas não seria o fato de se dirigir a um meio inteiramente não previsto, muito diverso de tudo o que até então conhecera no Nordeste, que iria dificultar o seu total entrosamento no interior paulista.

Ele vinha da terra do açúcar, rodeava-se agora de milhões e milhões de pés de café.

Gervásio Fioravanti, escritor e professor, era uma gota-d'água de possível sangue italiano em Pernambuco onde Cavalcanti, com i ou com e, era uma das garantias maiores de não sangue italiano, indício fácil de cabeça-chatismo em brancos, mulatos, negros e outras misturagens de sangue.

Botucatu é um mundo novo. Como São Manuel, Avaré, Lençóis, Agudos e toda aquela região servida pela Sorocabana, a cidade impressiona o recém-chegado pelos sobrenomes peninsulares que invadem todos os setores e refletiam a presença poderosa de um novo elemento na reformulação do Brasil.

O célebre sotaque paulista, já tido por modelarmente feio nos tempos do Império, ganhava características inéditas com o dialeto macarrônico fixado por Juó Bananére (Alexandre Ribeiro Marcondes Machado) em *La divina increnca*, parodiando Camões, Raimundo Correia e Olavo Bilac, fazendo humorismo e crítica social. O dialeto caipira que Amadeu Amaral estudara com pioneirismo vinte anos antes, na década de 1920, e o estropeamento da língua tradicional, através dos imigrantes que enriqueciam, estavam em contraste frontal com o vocabulário e a pronúncia do jovem médico mandado pelas terras do açúcar aos domínios do café onde Botucatu se destacava.

O estágio na cidade não seria longo. Seu verdadeiro caminho ainda não se apresentara. Elisa não podia deixar o Rio, onde tinha emprego régio para o tempo. Não parecia inteligente arriscar-se a viver no interior de São Paulo dos vencimentos de um marido médico em emprego sem horizonte maior. Ela ganhava duas vezes mais num escritório de imóveis.

É assim que o Instituto Experimental Agrícola é apenas para marcar ponto numa carreira que mal se esboçava. Uma experiência mais humana que profissional. Uma oportunidade, talvez, para avaliar, aos seus próprios olhos, sua capacidade de adaptação a novos horizontes e ambientes e o poder de sobrevivência do seu nordestinismo.

A adaptação é fácil. As portas se abriam. Amigos havia em potencial. Ele amigo já vinha... Em pouco tempo é o dono da bola, o grande papo, a anedota na hora, o repente feliz, o bom humor que se irradia, a festa no ar. Um *shalom* pessoal que se desdobra e comunica. Exatamente como acontecera no Rio e como vai acontecer toda a vida.

Noel traz um diploma, é claro. Ainda não pensou em que setor da medicina vai trabalhar. Mas sua simples presença já vale por uma verdadeira especialização, das mais raras. E tem ação curativa: onde chega Noel tristeza foge.

Produto de sua formação nordestina, desde a pilhéria de sabor selvagem à filosofia de viver, da língua falada aos pratos da mesa, no jeito de ser e nos padrões de avaliação, já ninguém põe reparo nas suas sardas insólitas e no cabelo flamejante: é apenas mais um cabeça-chata.

E ele faz gosto nisso.

Um dia, porém, num almoço ou jantar do Rotary Club local, dia em que Noel estava particularmente de fogo, contando anedotas, lembrando cantigas, recordando façanhas do Nordeste, de Lampião ou dele mesmo, alguém lhe pede que recite os poemas de Ascenso Ferreira, um dos números fortes do seu repertório.

José Olympio acabava de editar *Cana caiana*, com ilustrações de Lula e harmonizações musicais de Souza Lima.

Noel se entrega ao convite. Ascenso pusera em versos coisas que Noel descobrira e vivera, fascinado, em sua infância de Alagoas e de Pernambuco. As árvores, as frutas, as cores, os cheiros, os engenhos...

> Dos engenhos de minha terra
> Só os nomes fazem sonhar:
>
> – Esperança!
> – Estrela-d'Alva!
> – Flor do Bosque!
> – Bom Mirar!

... a música, as superstições, o jeito de amar, o misticismo...

> O espírito-mau entrou no meu couro,
> entrou no meu couro, algum mangangá!
> e eu quero mulheres...
> mulheres...
> mulheres...

Curibocas!
Mamelucas!
Cafussus...

Caboclas viçosas de bocas pitangas!
Mulatas dengosas caju e cajá!

... as noites de lua, as danças dos negros, o rolar dos rios, o trem de Alagoas...

– Vou danado pra Catende,
vou danado pra Catende,
vou danado pra Catende
com vontade de chegar...

A atenção rotariana está presa. Dos mais brasileiros aos de chegar mais recente, todos estão delibando o gosto e o apelo da terra que se evolam dos versos ditos com alma naquela inocultável pronúncia em que Lampião pedia "um cheirinho" a Maria Bonita...

Mergulham mocambos
nos mangues molhados,
moleques, mulatos,
vêm vê-lo passar.

– Adeus!
– Adeus!

Mangueiras, coqueiros,
cajueiros em flor,
cajueiros em frutos
já bons de chupar...

— Adeus, morena do cabelo cacheado!

Mangabas maduras,
mamões amarelos,
mamões amarelos
que amostram, molengos,
as mamas macias
pra a gente mamar...

— Vou danado pra Catende,
vou danado pra Catende,
vou danado pra...

É quando alguém, num autêntico paroxismo, tem uma exclamação verde-amarela em sotaque também nordestino:
— Bravo! Só um brasileiro de verdade pode sentir assim esses versos!
O trem de Alagoas dá uma brusca parada.

Os olhos, tornados graves, de ternos que estavam, parecem o rápido balanço de toda uma vida.

Ele é nordestino por bem-querer, brasileiro de livre escolher, não de fatalidade geográfica ou pela convenção do nascimento. E repentino e radical informa:
— Tá enganado. Sou russo e judeu.

Jorge Amado explicaria mais tarde aquele rompante a quem o não tivesse entendido no momento:

"... não tinha uma gota sequer de sangue brasileiro, foi brasileiro por amor, única e exclusivamente. Não houve para ele outra terra, outra gente – sua fala, sua música, seu céu, suas alegrias, suas mazelas e a floresta, o índio, o mundo obscuro, a batalha contra a doença e a morte de um povo."

"Onde seu mestre mandar..."

Botucatu não era bem o posto onde Noel gostaria de terminar a carreira. Como cidade interiorana, coisa de seu muito agrado, era organizadinha demais, progressista demais para o seu gosto.

De selva gostava. Com a selva sonhara sempre. Mas não com aqueles milhões de cafeeiros subindo e descendo, muito bem-comportados, as oscilações do terreno, máquinas bem lubrificadas de fazer dinheiro.

Numa fazenda-modelo se encontrava. Também fazenda-modelo não era bem o seu tipo.

Estava com diploma e nomeação, vencimentos pagos em dia, mas a sua própria medicina, ainda incerta e inexperiente, com tantos veios por explorar no país que era um imenso hospital, não devia ter muitos horizontes, limitada aos funcionários de uma instituição de nível privilegiado, em termos de Brasil. Qualquer médico de roça teria campo mais apaixonante.

A cidade talvez fosse boa demais para os humildes padrões nordestinos de então, com os quais vinha familiarizado. Possuía já uma pequena fábrica de aviões, indústrias várias. Dava-se ao luxo de tradições de boêmia e estudantadas, célebre ficara um estudante que se divertia a furar queijos e goiabadas com o dedo, nas vendolas ou mercados.

– Esse queijo é fresco?

Mal ouvia a pergunta, o negociante explodia numa blasfêmia: o rapaz tinha um indicador espetado no queijo.

– Figlio dun cane! Ocê vai me pagá esse queijo! (ou a goiabada, se fosse o caso...)

Risonho, o estudante erguia a mão. Do indicador via-se apenas a falange, que o demais, não o queijo, mas um antigo acidente, arrebatara.

Noel ouvia as histórias e se regalava. Bons tempos, os da orquestra de mão e beiço no Recife!

Amava também o clima intelectual da cidade. Havia até uma Academia Botucatense de Letras... Duas décadas antes, Bilac ainda vivo, um menino enfermo escrevera lá um livro de impecáveis sonetos parnasianos. Chamava-se Mário Nogueira e morreria muito cedo, mas tivera que esperar os dezesseis anos para se atrever a publicar o volume. Temia que não o tomassem a sério ao saberem que seu autor tinha apenas treze... Alguns daqueles sonetos poderiam ser assinados pelos mestres da escola...

Mas em matéria de literatura os amigos do Rio (muitos acabaram na academia que Austregésilo de Athayde comanda) eram em maior número e mais tonitroantes.

E havia Elisa, Trachtenberg de nascimento e Eva querida desde antigos carnavais.

Foi assim que deu saltos de alegria ao chegar a notícia de que seus amigos lhe haviam conseguido transferência para trabalhar nas obras de Saneamento da Baixada Fluminense, na altura da Universidade Rural, no km 47, que então se construía.

Era o Rio, de novo, com Elisa e com seus amigos, um trabalho efetivo de médico, em missão de maior alcance social (o saneamento da Baixada foi um dos cavalos de batalha de Getúlio), já não seria apenas um item a acrescentar no seu *curriculum vitae*. O diploma, agora, seria pra valer, tanto assim que ele precisava fazer um curso de especialização para enfrentar, nos devidos termos, a malária, que dele se vingará. Combateu-a nos outros, principalmente pela prevenção. Combateu-a, com os recursos do tempo, em sua própria carne, quando por ela atingido. Venceu-a. Mas não conseguiu evitar que ela voltasse eventualmente no futuro, nas ocasiões mais inesperadas, a gozar-lhe a caveira, cobrando o seu preço.

Uma dessas visitas será quase vinte anos depois, em Moscou.

Mas isso é história que pode esperar.

O ENGAJAMENTO

O sonho de um diploma que fizesse esquecer a emasculação cultural vivida nos guetos da Rússia e que era, ao mesmo tempo, uma forma de acomodação com o preconceito brasileiro (um bom de-erre na vida de um homem) levara os pais de Noel a enfrentar os riscos de Garanhuns com seus padres, etapa a superar depois, no momento oportuno.

Foi preciso antecipar, a toque de caixa, a superação projetada. O risco ultrapassava as previsões: numa das férias a vigilante *balabusta* surpreendera o inocente Noel a rezar e a se persignar como qualquer gentio ou cangaceiro alagoano. O alarme foi grande, resultando na transferência do infante para o Instituto Carneiro Leão, já foi lembrado. Importava defender a esperança da família contra a poluição da idolatria sertaneja. "Não faças para ti imagens de escultura nem semelhança alguma do que há nos céus nem embaixo na terra nem nas águas debaixo da terra... Não te encurvarás a elas nem as servirás porque eu, o Senhor teu Deus, sou Deus forte e zeloso..." Estava em *Êxodo* XX: 4, 5.

A escolha específica da medicina, porém, para o primeiro de-erre da família no Brasil, não era apenas desforra do gueto, aculturação cabocla ou simples busca de um meio de vida. Por cristão novo ou gentio que Noel se mostrasse, na sua irresponsabilidade estudantil, essa escolha denunciava raízes profundas no seu inconsciente judaico. Nenhuma coletividade racial ou religiosa, em qualquer época, se identificara mais que a gente hebreia com o exercício e a evolução da medicina. Sempre que lhe foi possível, o judeu perseguido, nos piores momentos de sua história atribulada, ia, de preferência, se refugiar, se realizar, se ultrapassar e se destacar exatamente nesse campo. Sua própria filosofia religiosa o conduzia. Maimônides, no século XII, rezava na "Oração aos médicos": "Ó Deus, Tu me indicaste para que eu cuidasse da vida e da morte das Tuas criaturas e aqui estou eu, preparado para a minha carreira". Medicina e teologia davam-se as mãos, ou marchavam paralelas, inúmeras vezes, ao longo do tempo, na vida rabínica. E o gueto e a *juderia* sublimavam seus complexos não tanto no enriquecimento cúpido, de que foram sempre acusados e para o qual eram paradoxalmente empurrados pela hipocrisia e pelo ódio da "periferia", mas no cultivo da "divina arte de curar", que lhes permitia sonhar com o homem sem barreiras, sem fronteiras, aceito ou aceitando, tolerando e tolerado, compreensivo e compreendendo, irmanados pelos destinos da espécie. Em seu testamento famoso (1559) dizia João Rodrigues de Castelo Branco, o *Amatus Lusitanus*, que foi médico assistente do Papa Júlio III: "Todos os homens foram por mim considerados iguais, qualquer que fosse a sua religião, fossem eles judeus, cristãos ou maometanos".

Vocação e herança de fundas raízes, a medicina era afirmação pessoal e até defesa. Mais facilmente que um banqueiro poderoso, o médico judeu sobrevivia às grandes tragédias do seu povo. Na hora do exílio ou do massacre, ele encontrava não raro um tratamento mais humano. Dom João I de Portugal consentiu num dos morticínios do dominicano Francisco Ferrer ("Batismo ou morte!") mas não permitiu que lhe tocassem nos médicos hebreus de sua confiança. Ao expulsar centenas de milhares de marranos e de impenitentes do seu reino, imprensada pelo Grande Inquisidor, Isabel, a Católica, bateu-se desesperadamente por uma exceção de interesse muito pessoal: os seus médicos. Bateu-se em vão. Mas em geral os médicos circuncisos tinham privilégios que seus correligionários desconheciam junto a imperadores e reis, príncipes e papas. Até de certos impostos antijudaicos eram liberados. Mas só os últimos séculos puderam oferecer, com pleno proveito para o mundo, a oportunidade a que os médicos judeus tinham direito.

Noel começou a ter consciência de que estava apenas se integrando numa das mais altas tradições de seu povo quando se viu incorporado ao Serviço de Saneamento da Baixada Fluminense, na função de médico do pessoal engajado na obra gigantesca. Pertencia agora ao Ministério da

Agricultura, mas não estava mais na amável sinecura de Botucatu. Operava numa região infestada pela malária, região tornada improdutiva para o país, humilhação e desamparo do Homem. Os trabalhadores mobilizados pelo saneamento lembravam os antigos cristãos atirados às feras: vítimas cativas do mal que enfrentavam. A população deficitária e rarefeita da zona acorria também, ardendo em febre, ao seu Posto de Saúde. Noel não estava ali para revolucionar a medicina ou simplesmente a malarioterapia. Mas via-se, afinal, profissionalmente engajado, pela primeira vez, diante da miséria coletiva e de mil e uma unidades individuais de sofrimento. Os anofelinos eram donos de um território que valia por muito país europeu. Tinham que ser destruídos ou neutralizados. Noel se entrega, com paixão, ao serviço. A rir e a pilheriar, como sempre, vivia, penava e comungava com o povo. E levava suas preocupações, o dia acabado, para o seu apartamento no Rio, sempre uma história a contar, coração machucado. Falava com agonia e revolta da pobreza e dos horrores vistos. Mas sentia-se gratificado: estava sendo realmente útil, orgulhava-se de poder antever os resultados do trabalho comum, que era ingente.

Uma noite, ao chegar a casa (Elisa voltava também do trabalho), ele conta, sem esconder a irritação, que o professor Mario Pinotti, diretor do Departamento Nacional de Malária, passara o dia em visita à Baixada. Examinara, com o maior interesse, remédios, fichas, estatísticas, relatórios, dependências. E ficara profundamente chocado com o número de servidores anônimos em licença para tratamento.

– É por isso que o trabalho não anda! É uma pouca-vergonha! Assim não é possível continuar!

– E você ouviu calado? – perguntou Elisa.

– Não.

– Disse o quê?

– Que a solução estava nas mãos dele.

– Como assim?

– Foi o que ele perguntou.

– E você?

– Expliquei que bastava ele conseguir de Getúlio uma portaria: "É expressamente proibido apanhar malária ou qualquer outra doença sem autorização prévia do governo".

– Você disse?

– Claro.

– E ele?

– Ouviu...

E como quem justificava a sugerida portaria:

– Estamos ou não estamos numa ditadura?

Elisa foi apanhar uma garrafa, encheu o copo, uísque ou similar.

– Espero que pelo menos isso você não tenha dito.

– Mas pensei.

Apanhou o copo, rosto se iluminando num sorriso:

– E eu desconfio que ele percebeu. Ou muito me engano, ou o cara leu, direitinho, o que eu estava pensando.

Esperando vez...

A guerra fervia na Europa.
Os mesmos alemães que afundavam navios no tempo em que Salomão Nutels vivia no Recife a sua comédia de enganos acossavam agora, ainda mais terríveis, o litoral brasileiro.

A França fora esmagada, Paris ocupada, muita gente, lá, colaborando, gente no Brasil colaborando também, abertamente ou nas trevas. Tempo de 5ª coluna em todo o mundo e de milhões de judeus em campos de concentração. Hitler bufejava e destruía, monstruoso e grotesco. Multidões haviam caído. Multidões cairiam. O Brasil acompanhava o placar dos acontecimentos, a grande massa contra o nazismo, Getúlio no seu chove não molha, pressionado de dentro e de fora, pela direita e pela esquerda, procurando ganhar tempo, sabendo que, geograficamente, não tinha condições de assistir à guerra na tranquila posição de vendedor, como fizera a Argentina em 1918 e como iria fazer até o fim da nova tragédia. O mercado comprador, dos dois lados, era imenso. Mas a cartada que o mundo jogava, a tomada de posição entre o integralismo que envenenava milhares, e o antinazismo, que ao governo convinha confundir com o comunismo, agitava e inquietava o país.

A posição de Noel pessoa humana fora automaticamente assumida. Viera ele dos guetos da Rússia, e seus irmãos de raça, religião ou destino de povo estavam sendo massacrados nos campos de concentração. O sofrimento dos seus, ele o identificava com o sofrimento do homem apenas, onde quer que houvesse homem pisado, povo oprimido, humanidade ao desamparo. O Brasil tinha muita matéria humana para identificação com os sofrimentos que Noel conhecia e para receber um desdobramento da solidariedade que ele devia à sua gente. A medicina abria-lhe a oportunidade de servir. Seu trabalho na Baixada adquiria, assim, um sentido eterno. Mais de uma vez, ao longo da carreira, ao se autoexaminar, ao tentar explicar suas atitudes, quase sempre assumidas de impulso, Noel teve ocasião de afirmar: "Faço isso porque sou judeu...", "entendo bem isso porque sou judeu". Mas somente se lembrava dessa condição interior na hora específica da análise. Aparentemente pouco tinha de judeu no convívio dos homens, tanto no juízo de estranhos quanto no seu próprio julgamento.

Dentro do espírito de sua tradição, porém, ele herdara o gosto do inesperado, a procura do inédito e a insatisfação das etapas vencidas. Desnascera burocracia, desamava rotina. Tinha a paixão do imprevisto. Por mais profundamente empenhado que se encontrasse numa tarefa (o ostensivo gozador da vida, nele, tinha muito de fuga, forma de protesto, chicote amável, quando muito passageira aceitação), Noel era sempre o Homem de orelha em pé, aberto ao primeiro desafio da aventura.

A luta contra a malária na Baixada, empolgante porque difícil e de precários recursos, estava praticamente vitoriosa. Já era mesmo, como acontecera na Itália de Mussolini e dos pântanos pontinos, um dos itens prediletos da recente propaganda getulista. De fundamental importância, é claro, mas aos poucos se tornando, para Noel, um dia a dia sem imaginação.

É quando Noel e João Alberto se encontram. O antigo militante da revolução conseguira de Vargas carta branca para a realização de um velho sonho: acabava de ser criada a Fundação Brasil Central (FBC).

João Alberto Lins de Barros, uma das personalidades mais controvertidas da *entourage* presidencial, vinha das revoluções da década de 1920, vivera a epopeia da Coluna Prestes, subira com o Movimento de 1930, conquistara a interventoria federal em São Paulo, vitorioso detentor de grandes postos, mas dizia ter uma dívida com o sertão brasileiro, palmilhado e sofrido nos tempos heroicos da coluna: desbravar, sanear, recuperar o distante sertão. Sonhava com indústrias e estradas, escolas e hospitais, semeador de cidades, implantador de campos de pouso pelo país adentro. Comandava agora a FBC. Precisava de equipes de seleção: engenheiros, técnicos, médicos especializados, sertanistas de vocação, gente capaz de se integrar definitivamente com o pioneirismo da obra e a solução dos seus problemas.

Um dos inimigos a enfrentar, no coração de Goiás, era a malária. Noel se fizera doutor em malária. Estudara-a *in anima nobile*, em seu próprio corpo. Era um dos homens fundamentais para João Alberto.

— Você não quer aplicar, no sertão de Goiás, o que aprendeu aqui? A fundação precisa de homens como você. Boa vida não vai ser, mas é apaixonante.

Goiás? Sertão? Fim de mundo? Santa Helena? Rio Verde, jacaré, piranha?

Os olhos de Noel fuzilavam.

Nesse dia ele chega em casa mais tarde que de costume. Vai, vem, volta, avança, pigarreia, diz um palavrão, tem qualquer coisa a contar, Elisa de olho...

Afinal, na base da conversa mole, conta que estivera com o ministro João Alberto. Papo bom. Fundação Brasil Central. Um milhão de planos...

— Aquilo é um sonho. Cobra, lagarto, onça, jacaré, tatu... E vale tudo... Chegou a me convidar pra fazer malária em Goiás... Até lugar de enfermeira, pra você, ele ofereceu...

Fez um suspense de fingida despreocupação. Depois, calmo, o olhar cabreiro, pergunta:

— Você topava?

— Por que não? — disse Elisa.

Noel arregalou os olhos:

— Palavra?

Quase sem acreditar, deixa-se cair numa poltrona:

— Você não imagina o alívio que me deu... Me tirou um peso da alma... Você é muito grande...

— Por quê?

— É que eu já tinha assinado o contrato.

O problema agora é providenciar as coisas, acertar os ponteiros. A vida de ambos vai tomar rumo novo, inteiramente não previsto.

Em seu novo cargo, Noel vai ganhar um pouco mais que na Baixada. Elisa é que vai sofrer uma pequena redução: fazia três contos por mês na imobiliária, vai receber agora menos de um...

Pela primeira vez Noel ia ganhar mais que Elisa. Por pura intuição, sem plano maior, ela se habilitara, pouco antes, para o modesto posto: fizera um curso de enfermagem.

Novos empregos em vista, começam a preparar-se os dois para o sertão. Aliás, os três. Em casa um menino ostentava, muito à judaica, um nome duplamente querido na família: Salomão, pai de Noel, fora tio carnal de Elisa, cujo avô materno também se chamava Salomão.

Estágio em Rio Verde

De trem vão até São Paulo. Lento, sujo, barulhento. Passam lá o Ano Novo de 1943. Os amigos são muitos, do tempo de *Diretrizes*, de encontros no 99 da Xavier da Silveira em Copacabana (casa de Eugênia e Álvaro Moreyra), das tertúlias na casa de Aníbal Machado em Ipanema, aos domingos, das próprias visitas à capital paulista, quando funcionava em Botucatu.

Estão praticamente arrancados em casa de Noêmia Mourão e Di Cavalcanti. Noêmia quer, há muito, fazer um retrato de Elisa. Com longuras de requinte, uma pequena obra-prima está saindo. Elisa imóvel, enquanto Noêmia trabalha, fascina Di. Com extrema rapidez e segurança Di faz nascer uma das mais belas e exóticas mulatas de sua carreira. E antes que Noêmia houvesse concluído o retrato de Elisa, Di produz dois dos mais célebres retratos-caricatura de Noel. A iconografia de um e de outro, nessa época, já é grande e marido e mulher começam a viver também nas paredes dos amigos.

Mas São Paulo é pausa para adeus. Uma camionete os leva para Rio Verde, com dormida em Uberlândia.

A vida vai recomeçar em Goiás. Intensa e ardente. Encontram em febre o sertão que visitam. De trabalho. De planos. De esperanças. João Alberto era um sonhador fascinante e irrealista. Muitas ideias, grande inteligência, imaginação pegando fogo. Conhecera na década de 1920, nos encontros e desencontros da selva, um salesiano perdido no mato, o padre Colbachini. Dele ouvira relatos quase inacreditáveis sobre o abandono do homem sertanejo e em particular sobre a miséria e a morte do índio em contato com o que naquele tempo se acreditava ser o homem civilizado.

O jovem tenente, na ocasião improvisado em tenente-coronel e comandante do 2º Destacamento da Coluna Prestes, deixa-se comover até as entranhas com os relatos do padre estrangeiro. E promete-lhe, depois de uma longa conversa de noite, madrugada e manhã nascendo, que, quando fosse alguém e tivesse condições, voltaria ao sertão para trabalhar por aqueles compatriotas exilados no seu próprio país.

A oportunidade viera com a Fundação Brasil Central.

Engajado na grande obra, Noel ainda não está em contato com os índios. Não é propriamente o silvícola que interessa a João Alberto. É o sertanejo qualquer, índio ou não, o brasileiro acaboclado e miserável.

João Alberto sonhava levar a indústria, os métodos modernos de trabalho, os remédios, o livro, queria capitalizar e multiplicar as potencialidades do solo e da gente.

Homem de mil planos e comprometido até as raízes com o regime, nunca seria 100% o homem da fundação que precisaria ser. Mas as coisas estão sendo feitas ou tratadas, os caboclos sendo arregimentados, tratados, contratados, estimulados, as coisas estão mudando na periferia, o sertão está sendo agitado. Está operando a Usina de Açúcar de Santa Helena, perto de Rio Verde, arroz se planta, arroz se vende, escolas, beabando o povo, se instalam muito à confusa, com vil politicagem à volta, perturbando.

Na febre geral, Noel Nutels se integra. O próprio caos o fascina, a confusão e o improviso reinantes não são motivos de choque para o seu temperamento boêmio. O médico, porém, especialmente o médico de massas que vem surgindo, sente-se mais uma vez realizado. O professor Edmundo Blundi, que o surpreenderá no trabalho em Rio Verde, no ano de 1947, sintetiza o que viu:

– Tratava da própria malária e da malária de milhares.

Nesse heroico esforço Elisa colaborava com alma. Chegara mesmo a fazer uma temporada no Rio para um curso de Entomologia Aplicada à Malária.

Fizera o curso, deixara o menino com a avó materna (o clima do sertão o hostilizava), precisava encher o tempo. Trabalho caseiro tinha pouco, moravam numa pequena pensão de preço amigo.

– Eu não posso jurar – diz ela ainda hoje –, mas Noel, que era mais viajado, garantia que pensão igual talvez houvesse alguma em algum canto do mundo. Pior é que não era possível. Nem mais divertida...

Divertida teria que ser: Noel estava lá.

O NOVO DESAFIO

Cerca de dois anos são vividos em Rio Verde, outros dois em Santa Helena, a da grande usina, em alegre comunhão com aventureiros, no bom e no mau sentido, com enfermos e convalescentes.

Marido e mulher se completam, se entendem, numa euforia permanente. Lançam pontes para os desconhecidos, têm o dom de fazer amizades e a mesma humana preocupação com a miséria que os cerca, no meio dos ávidos ganhadores.

Em pouco tempo o malariólogo da Baixada Fluminense é aprendiz ou praticante de clínica geral, colabora com os colegas, quando calha, porque o trabalho é muito e todas as doenças do sertão e da cidade vêm bater à sua porta. É o ilustre Edmundo Blundi quem enumera os mil desafios da região: "Malária, sífilis, lepra, verminose, desnutrição, elevada mortalidade infantil, tuberculose".

Entre as muitas doenças e ao longo das picadas e veredas abertas pelo desbravador branco (branquejado ou branquejante) destaca-se, implacável, a tuberculose que, dentro de poucos anos, crescendo com eles, vai ser o desafio específico e pessoal que Noel não recusa.

A malária espera nos charcos e pantanais, nas águas paradas. Independe do homem, de quem chega ou sai. É mal na tocaia. No sertão como no mundo. O homem, da terra ou de fora, é apenas o "campus" onde o anofelino se instala.

Já a tuberculose, pelo menos para o habitante legítimo da selva, seu dono de muitos séculos, é mal adventício. Vem na garupa do invasor. Ou melhor: na sua tosse, no seu bafo, no beijo ou no aperto de mao. É a companheira oculta do desbravador.

Noel viu logo a extensão e a gravidade do problema, que iria dar novo rumo à sua vida. O branco chegado ao sertão trazia consigo instrumentos para neutralizar ou repelir o inimigo local, causador da malária. Quanto maior fosse a sua penetração, porém, mais campo desprotegido encontrava para a fácil implantação de males próprios. Especialmente a tuberculose...

Anos mais tarde, quando já internacionalmente conhecido pela obra realizada, na célebre entrevista concedida a *O Pasquim*, Noel lembraria que, desde os tempos da primeira colonização, a tuberculose vinha sendo o mais temível bacamarte manejado pelo português contra a seta e a borduna dos índios, embora sem malícia trabalhado. Anchieta e Manoel da Nóbrega, os dois grandes missionários do I século, seriam portadores, eles mesmos, do bacilo que 300 ou 400 anos depois seria descoberto e batizado. "Aquela jibosidade do Santo Anchieta, que era realmente um santo, provavelmente era tuberculose na coluna vertebral. A descrição da morte de Nóbrega, as hemoptises, confirmam tudo isso." Os heroicos jesuítas nem por sombras poderiam imaginar que a mortandade vinha deles.

A razia trazida com a simples aproximação do branco (ou similar...) veio se confirmando através dos séculos, sempre que entrava em contato com o índio sem defesas orgânicas. Com o tempo, a observação começou a se confirmar e esclarecer. É o testemunho do já lembrado padre Colbachini, recordado pelo mesmo professor Edmundo Blundi: "Vivia no Meruri, entre os bororos, há mais de 30 anos, cumprindo desígnio apostolar. Era uma tribo de 9 mil índios, pacífica, feliz e saudável. Um dia, contou-me o padre, surgiu um branco, magro, febril, escarrando sangue, que foi acolhido caridosamente. Meses depois ocorreu uma terrível mortandade: dos 9 mil índios, salvaram-se 900."

Sediado agora em Santa Helena, esperança de enfermos, alegria de enfermos e sãos, Noel não está interessado na política interna, errada ou certa, da fundação. Nem, muito menos, nos desacertos ou rivalidades desta com a Expedição Roncador-Xingu, outro órgão federal de enorme alcance teórico e patriótico, mas que, na opinião dos mais entendidos, fora criado apenas para afastar das abas de Getúlio um antigo e incômodo colaborador, o coronel Flaviano de Mattos Vanique, então sediado em Xavantina. Dizia-se que, homem de confiança de Getúlio, se desentendera com outro homem de confiança do mesmo, o "tenente" Gregório, que era mais do peito e que tão fatal seria, anos depois, ao risonho ditador...

Expedição e fundação, porém, não eram problemas de Noel. Noel gostava era do mato, das multidões anônimas da selva. Com sertão e sertanejo cada vez mais se identificava. E o índio, por enquanto apenas entrevisto, estava começando a entrar em seu sangue.

GENTE BOA

Da mesma Botucatu onde Noel estreara o seu diploma vinham eles. Gente de cidade pequena e fraternidade com a terra. Esporte e meio de vida, para o pai, formar, comprar, vender fazendas.

Era o seu elemento.

E alimento.

Nesse clima e nesse amor, tinham os filhos crescido, amigos de livre cavalgar pelos campos, sentir cheiro de mato, grito de terra, alegria de sol.

Mas por volta de 1935 a família se estabelece na capital, os filhos precisando completar os estudos, os velhos no descer da encosta.

Há duas moças, os rapazes são cinco. As moças casam-se, alguns dos rapazes se acostumam. Dois, porém, são indomáveis. Cláudio morre de tédio no escritório da Companhia Telefônica. Escrever é seu gosto, fugir seu desejo. São Paulo sufoca. Orlando, o mais velho, trabuca também. Para os dois, a Pauliceia é a opressão desvairada de todos os dias da semana, cada vez mais tumultuada e tumultuária. Não se fala ainda em poluição, mas as radiografias denunciam todos os dias pulmões envenenados. Seus habitantes sonham em vê-la ultrapassar, já não o Rio de Janeiro, café pequeno para o bairrismo paulista, mas Buenos Aires. Em população e no resto. Pelo jeito, vai acontecer... Mas o mais velho dos Villas-Bôas não pretende esperar por essa tragédia sem protestar, passivamente sentado a uma mesa de trabalho no escritório da Standard Oil.

Moram numa casa enorme. Acaba de tornar-se maior: os pais morreram. Apesar de maior, para Orlando e Cláudio está mais opressiva. Perspectivas, só há lá fora. Mas de mais carros na rua, mais andares nas casas, com certeza na deles: mais barulho na indústria, ar mais pesado, mais vazio nas almas. Sentem-se radicalmente incompatibilizados com a cidade que mais cresce no Brasil. Vai crescer em cima deles. Há algo mais grave: para os mais inocentes, é a cidade que mais cresce, não no Brasil, mas no mundo. Não pode parar. Ninguém a segura. Para muitos, é um motivo de orgulho. Para eles, não. Deles, o problema é respirar. O Brasil é grande, o mato é maior. E melhor. Com ele sonham.

Amazônia, talvez?

Xingu, quem sabe?

O Araguaia, por qualquer estranha razão, fascina mais.

– Vamos? Não vamos?

Vão.

Num mesmo dia, em duas companhias diferentes, dois irmãos Villas-Bôas se demitem. Semanas depois estão em Goiás. Um pouco à doida. Ou muito. Para ficar ou continuar, se possível. Para voltar, nunca. Fazer o quê? Veriam... Tudo bom, desde que no meio do mato, com índios ou não, macaco pulando, boi burro entrando na água, piranha comendo, correnteza clamando, cachoeira no estrondo, urro de onça com fome, bando de maitacas anunciando no céu descoberta de jabuticaba, jequitibá desabando com raio no meio. Mas nunca mais arranha-céu, mesmo que eles não arranhassem tanto quanto o paulistano imaginava.

É quando aparece a notícia de que estavam em São Paulo o Coordenador da Mobilização Econômica, ministro João Alberto e um certo e ainda capitão Vanique, este em missão específica: ex-chefe da guarda pessoal de Getúlio, fora agraciado com a chefia da Expedição Roncador-Xingu, criada com arrojados intuitos de penetração nos mistérios da selva.

Era exatamente o que sonhavam os irmãos botucatenses, sonho ainda impreciso, mas agora exeqüível.

E como os jornais diziam que Vanique estava na capital paulista expressamente para mobilizar gente de escol para a grande empreitada, os Villas-Bôas acham a coisa mais natural do mundo voltar a São Paulo, falar diretamente a Vanique e começar tudo do quilômetro zero.

Acham natural e não hesitam. Levam apenas o vago temor de não corresponderem a todos os requisitos exigidos. Dois dias depois estão em São

Paulo, coração na boca, procurando o capitão. Que não é bem um capitão tamanho família. É baixinho. Mas despachado. Vê entrarem aqueles dois rapazes. Bem-vestidos. Olhos brilhando. Gente boa.

— Pretendem o quê?

— Participar da expedição.

— De onde são?

— Aqui de São Paulo.

— Da capital? — pergunta com desprezo.

— Do interior. Botucatu.

Ele sobe e desce com os olhos, sondando.

— Sabem ler?

Os dois, no mesmo espanto.

— Claro!

— Ler o que no mato? — pergunta o pequenino chefe grande. — Eu preciso de homens. Pra enfrentar onça, índio, floresta. Pra carregar peso, aguentar doença de mato, fome, catapora, maleita. Capaz de brigar. Até cangaceiro me serve. Mas macho! Não gente de colarinho e gravata (naquele tempo era comum...). Quero sertanista, não doutor.

E quase impaciente:

— Sinto muito!

Orlando ainda quis insistir.

Um assessor, gentil, mostrou-lhe que era inútil. Perder tempo. Para aquela missão, que era duríssima, o homem que se desentendera com o tenente Gregório só acreditava em cangaceiro e analfabeto.

— A nossa expedição não é romantismo. É trabalho pesado. Lamento muito — dizia o assessor. — Mas para vocês não deve faltar emprego em São Paulo, a cidade está crescendo... Não vão desanimar...

Eles não desanimaram. Agora a Expedição Roncador-Xingu torna-se uma questão de vida ou de morte. Dão marcha à ré. Araguaia outra vez. E quando, tempos depois, a Expedição chegou ao local onde hoje se encontra Aragarças, os dois se apresentam de novo. Mal vestidos, barba por fazer. Nome? Filiação? Naturalidade? Vão dizendo. Sabem ler? Sabem não... As fichas ficam prontas. São engajados como pedreiros no recente campo de aviação...

É um recomeço de vida...

O campo de pouso não é dos mais repousantes. Dias depois, um avião está sendo manobrado, se atola no chão. Tinha chovido muito. O comandante pede auxílio. Os diligentes pedreiros estão perto. Acorrem. O comandante está vendo. Pela rapidez da ação, pelas providências tomadas, pelo jeito só, percebe que é gente do melhor gabarito. Tira um papo. Recupera o avião, vai ter com o chefe do setor naquele fim de mundo, Francisco Lane, aparentado com os Lane do Mackenzie College.

– Você se queixa de falta de gente capaz e eu acabo de descobrir um desperdício: gente muito boa, tipo escritório, que você podia convocar.

E aponta os Villas-Bôas, longe.

– Os pedreiros? São ótimos! Só têm um defeito: analfabetos!

– Não é possível!

Lane mostra-lhe as fichas, com retrato e tudo.

– Garanto que não são!

Manda chamar os rapazes.

Apertados, eles confessam o crime: sabem ler.

– Mas por que negaram?

– Porque o coronel Vanique, em São Paulo, disse-nos que só aceitaria cangaceiros e analfabetos. Nós estávamos doidos por entrar na Expedição e nos apresentamos aqui como analfabetos mesmo.

A crise de gente qualificada era grande. No dia seguinte são ambos promovidos para o escritório e Orlando Villas-Bôas é designado por Francisco Lane como secretário do setor. Eles não somente liam: redigiam também!

É desse momento em diante – no caso, por acaso –, que o nome dos Villas-Bôas começa a se confundir com Brasil Central, Roncador-Xingu e todo o lado nobre de duas instituições que a política, a improvisação e a irresponsabilidade vão atrapalhar.

Dentro em pouco, vindo do sertão, o ministro João Alberto terá ocasião de conhecer pessoalmente o esclarecido secretário de Aragarças. Aos poucos Orlando vai conhecendo e fazendo amigos entre os médicos, professores e enfermeiros, dedicados e mal pagos, que sobem o Araguaia nos barcos afoitos e operam prodígios nas barrancas do rio.

Com o tempo, conhecerá, ali mesmo, aquele que será seu grande amigo, o mesmo que vinte e muitos anos depois, perguntado se poderia apontar algum brasileiro para o Prêmio Nobel da Paz, responderia sem hesitar:

– Os irmãos Villas-Bôas, é claro.

Os Villas-Bôas, à mesma pergunta, possivelmente diriam: Noel Nutels.

DESCOBERTAS

Esse encontro com os Villas-Bôas data de 1946, um pouco além de Xavantina. Muita água correra por baixo da ponte, muita ponte fora levada pelas águas. Orlando já é nome feito no Brasil Central, subida rápida, já comanda a Vanguarda da Expedição Roncador-Xingu. Noel, por sua vez, acompanhado por Elisa, está perfeitamente integrado naquela boca de sertão. Cercado de nordestinos por todos os lados, a mesma gente simples em cujo meio crescera, rude em Alagoas, de alegres estudantadas no Recife, já sofisticada entre os boêmios e escritores que frequentavam *Diretrizes*.

Em Goiás, começara pelo Rio Verde, caminhara um pouco mais até a Usina Santa Helena onde, segundo o próprio Orlando Villas-Bôas, "já havia realizado um excelente trabalho: conseguira afastar para longe os terríveis anófeles da malária que, volta e meia, punham na rede os cortadores de cana. Santa Helena, conhecendo uma trégua na malária, pôde até aumentar sua produção de açúcar. E o caboclo aprendeu que a sezão vinha do bichinho voador, da muriçoca, e não do mau cheiro do brejo, como ele, seu pai e seu avô sempre acreditaram."

Noel já deixara uma vez Santa Helena, ao participar de uma missão na confluência do Tocantins com o Araguaia, em busca de local para um novo povoado, base de futuras penetrações. "Criar cidades com botica, igreja e jardinzinho no centro era o grande sonho do ministro João Alberto."

Nesta missão tivera o seu primeiro contato, um pouco apreensivo, com o índio "ao natural", exatamente os gaviões, terror dos indianistas que os procuravam pacificar. O simples nome daquela nação causava pânico, flecha e borduna imaginadas no ar, histórias de churrasco de branco, enchendo o sertão, dando assunto a jornal. "Mas Noel – acrescenta Orlando Villas-Bôas – , acompanhando o encarregado do SPI, seguiu até o ponto em que os índios haviam aparecido. Queimado do sol do Tocantins, rosado como um camarão, o novo sertanista – com seus milhões de sardas nas costas – parecia já preparado a pimenta-do-reino. Sentia-se morto, varado de flechas, moído a bordunadas, mas nada aconteceu."

Logo ele veria que pacificados precisavam ser, não os índios, mas os indianistas.

A chegada de Noel a Xavantina, guiando um fordinho de bigode (bigodão era o dele), fora um acontecimento. Está penetrando na praça-forte comandada por Vanique, chefe da Roncador-Xingu, há muito incorporada à FBC. Vanique, de estalo, mostra o seu desagrado. Noel é a antítese do chefe implacável, duro, fechado, complexado, intransigente. É o que hoje se chamaria o cara legal por excelência: o brincalhão já conhecido, anedoteiro impenitente, homem de relâmpagos de espírito, sempre de Ascenso e Manuel Bandeira na ponta da língua, navegando bem em Carlos Drummond de Andrade, versos dos folhetos de feira do Nordeste prontos para entrar no papo, quando não as quadrinhas irreverentes das sentinas de todo o país. Colecionador de preciosidades escatofônicas, para usar o neologismo de Antônio Houaiss, alimentava, com elas, muita conversa querendo morrer...

É assim que a casa dos Nutels, naquele desperdício de mundo, se torna a mais festiva e a mais procurada, "ponto de encontro e de conversas ao cair da noite e parada obrigatória dos visitantes que chegavam a Xavantina".

Mas importante, mesmo, é a ponte entre essas vidas de destinos irmãos. De formação tão diversa, eles amam a selva, o homem anônimo, estão começando a amar o propriamente homem anônimo da selva. Olham, com a mesma revolta, a injustiça e a incompreensão dos que estão chegando. Não têm a nostalgia da cidade grande, não se sentem sós no silêncio da mata. E são páreo duro num papo. Têm assunto infindável para noite adentro, nas entradas incertas do sertão sem estradas.

Naquele descobrimento recíproco de entendimentos inesperados, Orlando e Noel surpreendem-se, de repente, em Botucatu. Um cresceu lá, o outro assinou lá as primeiras receitas, ambos tinham amigos comuns e a coincidência de muitas histórias vividas ou ouvidas.

É nessa hora de vivas lembranças, no fundo da mata, que Noel tem uma brusca evocação. Foi em Botucatu que recebeu o chamado. De Botucatu correra ao Rio na maior angústia. A mãe, que então morava no Rio (já nada lhe restava no Recife, a não ser uma sepultura no cemitério israelita), estava agonizante. Ele chega, assiste à morte, acompanha mais um sobrenome Nutels a um novo cemitério israelita na Zudamérica de seus sonhos infantis. E volta, enxuto de palavras, para Botucatu. Aquele era um assunto apenas seu. Era seu jeito de ser, diante do irremediável: aceitar calado.

Mas dessa vez, diante do novo amigo, ele evoca longamente, comovido, a figura querida.

Pouco tempo depois, quando Elisa, grávida, sai de Xavantina para o Rio, onde parecia menos arriscado ter filho, Orlando vê que Noel diz à esposa a meia-voz, na partida:

– Se é mulher, você já sabe o nome, não é?

– Claro!

– Qual é?

– Que bobagem, Noel! Então eu não sei?

Noel fica sério:

– Mas com h, entendeu? Eu só entendo Bertha com h.

Mundo novo

O teco-teco descia.
    Descendo e crescendo, rumo à terra.
    Sertanistas, sertanejos e marginais olham deslumbrados a alegria que chega.
    Alegria e esperança.
    Partida marcada para o Maritsauá, três batelões apinhados, material abundante, armas, roupas, mantimentos, a vanguarda da Roncador-Xingu recebia com festa aquela tranquilidade que poucas missões anteriores tinham conhecido: médico próprio, com toda a parafernália de prevenir e curar nos desencontros da mata.
    Apoio de quem se aventurava, esforço de sobrevivência, era também elemento precioso nos relacionamentos do deserto verde, principalmente quando nas mãos do gigante bem-humorado que desembaraçava do teco-teco o vasto corpanzil vestido de sardas.
    Noel fora nomeado médico da Expedição Roncador-Xingu pelo ministro João Alberto, logo após ser esta confiada aos Villas-Bôas no ano de 1949. Vanique fora afinal desligado para alívio de todos e também dele próprio. A contingência de sucessivos encontros com os índios em estado natural não combinava muito com seu sangue, diziam as más-línguas.
    Aquele engajamento definitivo de Noel na expedição e a alegria do teco-teco descendo na saída para o Maritsauá, afluente inexplorado da margem esquerda do Xingu, abriam mais uma vez horizontes novos na sua vida.
    A comunhão dos rios e florestas, dos índios e feras (as mais terríveis eram minúsculas, nao de urro sacudindo a mata, mas de zunido infernal na boca do ouvido...) valia pela descoberta, cada novo dia, de inesperadas responsabilidades com paixão assumidas, já não mais o simples gosto do desconhecido nem a superficialidade do imprevisto anedótico.

Noel trabalhara na Baixada Fluminense contra o anofelino e se vira diante de um problema social ainda maior que o médico, de solução já conhecida.

Segundo o testemunho de Blundi, em artigo de 1946 para *O Globo*, a construção da Usina Sul Goiana de Rio Verde, então a maior indústria do estado, só fora possível graças à extinção da malária no pantanal "onde hoje se erguem grandes edifícios e belíssimos canaviais". A extinção devia-se a Noel Nutels, já assim proclamado em julho de 1946...

A penetração na selva ao capricho dos rios, aos tropeções nas picadas sombrias, buscando refúgio muitas vezes em águas eventualmente despiranhizadas, para roubar a maior parte do corpo às nuvens de mosquitos, quando os repelentes faltavam, ia ampliando no médico Noel Nutels a consciência de sanitarista que era o seu destino e vocação. Noel não nascera médico para um, para alguns, para muitos doentes. Amando como poucos o homem sem nome, era um médico de populações, muito ao feitio do seu talvez inconsciente messianismo de judeu.

UMA TRANSAÇÃO JUDAICA

A afirmação é de Orlando Villas-Bôas: o sanitarista Noel Nutels começa a surgir naquela primeira expedição ao Maritsauá. Mas as raízes vinham de longe. Vinham da experiência na Baixada, vinham das conversas com o tisiologista Edmundo Blundi em 1946. Noel não seria homem de se limitar ao campo de uma doença. Era mais homem de olhar todas, de ver o conjunto, homem não de parar na malária de fulano, mas de pensar nos outros também com malária e, principalmente, nestes e nos outros vitimados por esta e pelas outras doenças, muito em particular pelas de calamidade coletiva.

Blundi abrira-lhe os olhos para o problema nacional da tuberculose. O aprofundamento pessoal no sertão confirmava a palavra do tisiologista: era singularmente grave nas desamparadas áreas indígenas, onde o nativo tinha mais pavor de espirro que de arma de fogo.

– O seu povo trouxe para o meu uma doença que faz emagrecer, tossir e cuspir sangue.

Essa frase, que ouve de um chefe carajá em 1950, o cacique Maluá, ficará soando aos seus ouvidos para o longo do tempo.

Quase instintivamente ele assume sua parte de culpa naquela tragédia de milhares de homens. Desapareceu o judeu irreverente do Rotary Club de Botucatu. Quem está presente agora é judeu e brasileiro. E é justamente por vir de um povo milenarmente oprimido e minoritário que ele com mais facilidade se confunde com aqueles homens pouco a pouco destruídos por uma civilização que não desejam. Indo ao Tocantins ou percorrendo o Araguaia, no Rio das Mortes como na Ilha do Bananal, prostituída pela presença do branco, vai se familiarizando aos poucos e crescendo em amor pelos que apanhavam, despreparados, a febre, a tosse, a cuspida sanguinolenta. Sente que já não se pode limitar à malária. O problema é que a tuberculose é um mundo novo em cujos mistérios tem de penetrar se quer ser realmente útil aos índios de seu crescente convívio.

Naquele ano de 1951, o Serviço Nacional de Tuberculose (SNT) está precisando reforçar os seus quadros. Um curso de especialização e atualização de conhecimentos convoca os médicos do país. Oito meses de trabalho intenso... Noel não hesita. Vem ao Rio, tão a sério assume a dívida "de seu povo" com o povo da mata. Um de seus colegas no curso é um médico recém-formado que será dentro em breve um de seus maiores colaboradores, herdeiro futuro de seus compromissos com o homem sem nome: José Antônio Nunes de Miranda. Ao seu lado, Noel faz a especialização, trabalha dia e noite, está cheio de planos. Já discutira com Miranda, no ano anterior, em Xavantina, uma ideia ainda em embrião, que se tornará, pouco depois, experiência pioneira para exemplo do mundo: a criação de um serviço aéreo de atendimento médico às populações sertanejas. Seria preciso, para isso, conquistar aliados em outros ministérios, especialmente o de Aeronáutica, vital para o caso, e que já vinha de há muito colaborando com a Fundação Brasil Central e auxiliando os novos bandeirantes da Roncador-Xingu.

Vinha dessa primeira experiência a ideia de um serviço organizado e permanente, uma espécie de hospital volante (volante em todas as acepções da palavra). E enquanto sonhava, antecipava-se no imaginar o muito que seria preciso mobilizar para a execução do plano fecundo. Precisaria de todos os órgãos do governo, teria que recorrer, possivelmente, a particulares e empresas privadas. Orlando Villas-Bôas lembrou recentemente o que aconteceu nos dias áureos de Getúlio, quando Paul Renault sugeriu a entrega das regiões desocupadas do Brasil aos *dérracinés* do Velho Mundo. Sem passar recibo, Getúlio se preocupou com a ameaça e pensou em João Alberto e em seus planos antigos que vinham da Coluna Prestes. Veio daí a Fundação Brasil Central e, quase simultaneamente, a Expedição Roncador-Xingu. A visita de João Alberto a São Paulo com Vanique *et al.* estava exatamente ligada ao problema e visava a obtenção de recursos adicionais para o empreendimento. Tempo de guerra, clima e processos de guerra, pressão nas nacionais e nas multinacionais do tempo, não foi difícil a colheita. Uma grande empresária oferece logo 80 mil litros de álcool motor. A Antártica, sempre visada pelo sobrenome alemão de seus maiores, contribui festiva com 20 mil litros de bebidas, onde avultavam rum, conhaque e outros birinaites de abalar sertão. Uma multinacional qualquer entra com 30 mil latas de *corned beef*, exotismo que já havia castigado, na trincheira, os heróis paulistas da Revolução de 1932.

Não seria exagerado esperar, portanto, que os laboratórios farmacêuticos, tão beneficiados em tempo de paz pelo vasto hospital que era o Brasil, devolvessem parte dos lucros contribuindo também para a grande campanha de saneamento do sertão e das áreas indígenas.

Com esses projetos vibrava Noel, à medida que se preparava para voltar ao sertão. Objetivo e prático, porém, sabia que só podia contar de maneira efetiva com autoridades e entidades oficiais já identificadas com o trabalho que vinha sendo tentado e com suas necessidades mais prementes.

Uma dessas necessidades, para o tisiologista que estava surgindo e que vinha dos próprios focos novos de tuberculose, era um modesto aparelho de raio X que lhe permitisse uma aparência de pesquisa científica nas vastidões da Ilha do Bananal e de outras pobrezas.

Noel volta a existir no Rio. Já não é apenas o boêmio de *Diretrizes*, mas um médico valente do sertão que agora faz o seu curso no SNT. Seu trabalho anterior tivera a maior repercussão. Está integrado num grupo de jovens médicos que se especializam, com a esperança de entrar para os quadros do Ministério da Saúde, numa carreira difícil, mas apaixonante, vital para o país. Um dia, ele toma uma decisão heroica. Dirige-se ao gabinete do diretor do SNT, professor Pereira Filho. Vai pleitear, para maior eficiência de seu trabalho na selva, o aparelho de que tanto precisa. Já conhecido, aluno destacado do curso de especialização, ao comparecer ante o diretor como pleiteante, este nem espera o pedido, interrompe-o com a maior simpatia:

— Não precisa nem falar... Você já está nomeado...

Noel arregala os olhos: acabava de entrar, antes dos colegas que eram os verdadeiros candidatos, no quadro de médicos do Serviço Nacional de

Tuberculose, sem prejuízo de sua situação no Ministério da Agricultura, ao qual estava afeta a Roncador-Xingu.

Perplexo, quase esquece a verdadeira finalidade da sua visita. Os dois são médicos, é claro. A palestra surge e se prolonga sobre as doenças nativas e alienígenas da selva. Fala-se nos casos de pênfigo foliáceo, frequentes numa das tribos, com características genéticas. Pereira Filho mostra-se profundamente interessado. É quando Noel se dá conta de que estava fugindo à sua verdadeira finalidade e, num tom inesperado e brincalhão, abre o jogo:

— Posso lhe propor um negócio de judeu?

O outro olha-o, surpreso.

— É simples. Eu lhe trago dois índios com pênfigo do melhor para os senhores estudarem com calma o problema e o senhor me arranja um raio X sem o qual nós não podemos trabalhar direito lá no mato...

Um aparelho de raio X acabava de ser incorporado, pela primeira vez, à luta contra a tuberculose entre os índios e dois índios com fogo-selvagem vão ser objeto de estudo no Rio.

A ciência não podia parar, é claro...

A DUPLA VIDA

O boêmio e o judeu errante (ou pelo menos inquieto) coabitam agora, mais que nunca, nos rumos novos de Noel.

Quanto mais se aprofunda na selva e se confunde com o trabalho, mais incerto é o seu paradeiro.

Passa a viver, com uma estranha simultaneidade, no Rio e no mato.

É o assistente inesperado de redes anônimas no Rio das Mortes ou no Alto Xingu, auscultando um a tossir sua tosse de civilizado, quase ao mesmo tempo em que recita uma quadrinha escatológica ou verbera num palavrão a burrice do mundo em seu apartamento de Laranjeiras, frequentado por poetas, pintores, jornalistas e até médicos.

A pequena família teve que mudar de sede, está no Rio. Bertha (menina viera, tinha "h" no nome, como a avó) começara a dar problemas em Xavantina. Para índia faltam-lhe somente pena e cocar, sobram sardas. Apenas... Em tudo o mais é um bicho do mato e os pais concordam em que é preciso acostumá-la, enquanto é tempo, com roupa, costumes, linguagem – palavrões, por que não? – de branco e cidade.

Daí as duas vidas, plenas e paralelas de Noel, milagre só tornado possível porque alguém que podia ajudar se apaixona pela sua obra: são os pilotos do Correio Aéreo Nacional (CAN), instituição que vem de 1931 e que ainda está por ser conhecida em toda a grandeza da sua história. Só a própria obra de sanitarista de Noel, que se confunde por longo tempo com o CAN, pode ser comparada com o trabalho desses bravos que ele sempre fez questão de enaltecer.

Noel, por sua vez, começava a sentir-se realizado. Atingira o status que mais condizia com seu temperamento: era o homem sem pouso fixo.

Assumira espontaneamente uma responsabilidade, e a vai levando com êxito, graças a sua alegre humanidade e a seu dom inato de fazer amigos.

Está se multiplicando e crescendo.

Mas cresce e se multiplica sem prejuízo do Noel de Laje do Canhoto e de Capiba, veterano do frevo, dizedor de Ascenso Ferreira, antigo "republicano" do 234 da Rua dos Pires:

"Vou danado pra Catende, vou danado pra Catende, vou danado pra Catende com vontade de chegar..."

INTERMEZZO NO PARQUE

Remédio era bom. Raio X... BCG... Estreptomicina... Hidrazida... Direito, os índios tinham. O mais importante, porém, seria dar-lhes condições de acabarem, se preciso, mas em paz e sossego. Preservar-lhes as terras. Preservar-lhes a cultura. ("Integrar em quê?", perguntavam Noel e os Villas--Bôas.) Reconhecer-lhes não só o direito ao remédio, mas a sobreviver ou morrer sem interferências armadas, ideológicas ou patogênicas... Havia que manter os parques indígenas já existentes, embora precários ou adulterados, e, sobretudo, criar o Parque Nacional do Xingu, na área considerada ideal pelos estudiosos do assunto.

Era uma ideia que vinha formando corpo, agora madura. Noel estava no Rio na ocasião. Coincidência feliz, os irmãos Villas-Bôas também. Alguns mais estavam. O vice-presidente Café Filho (eleito com Getúlio em 1950) visitara pouco antes Xavantina, levado ao Brasil Central por um piloto que fora moleque em Laje do Canhoto como o próprio Noel menino, o comandante Meio Bastos. Havia a consciência nítida, num grupo de elite, do problema quase desesperador dos remanescentes tribais. Os semelhantes se atraem, circunstâncias inesperadas os reúnem, discute-se a questão, resolvem ir diretamente a Getúlio para pleitear a criação já amadurecida do novo parque para os índios. O vice-presidente propõe-se a levá-los ao Catete. A entrevista é marcada. Cláudio, Leonardo e Orlando Villas-Bôas, Darcy Ribeiro, Heloísa Alberto Torres, José Maria da Gama Malcher, general Rondon, que era capítulo respeitável de um passado recente, Noel Nutels, alguns mais.

Getúlio recebe-os de pé, impenetrável, na boca o famoso charuto...

Pelo jeito não se deixa levar de grandes entusiasmos.

Rondon faz o mestre de cerimônias. Apresenta primeiro o professor Darcy Ribeiro, antropólogo de nome internacional. Tem o que dizer, é autoridade no assunto, suas pesquisas de campo entre guaranis, terenas, caingangues e camaiurás são conhecidas. Seu último livro, *Religião e mitologia kadiwéu*, está fazendo sucesso. Se Sua Excelência permitir ele mostrará a Sua Excelência, em poucas palavras, o que seria o novo parque. Como veria Sua Exa., a escolha da área geográfica demonstrava...

Getúlio ouve em silêncio, delibando o charuto.

Fala em seguida Gama Malcher, presidente do Serviço de Proteção aos Índios, desenvolvendo o que Darcy já dissera, sempre, é claro, na base do Vossa Excelência, como ordenava a boa educação.

— Como vão as reservas no meu Estado? — pergunta Getúlio, para mostrar algum interesse e fugir, de alguma forma, aos confusos problemas políticos do momento.

Gama Malcher, sempre polido mas sem papas na língua, responde:

— Totalmente devastadas pela ação do secretário da Agricultura.

Getúlio se tranca.

O secretário é seu filho.

O Parque Nacional do Xingu acabava de sofrer um tento inesperado.

No meio do mal-estar geral, Rondon resolve passar a palavra a Noel, homem que admira não só pela obra já realizada como pela capacidade semita de vender ideias e, quando preciso, "comprar". Pressionado pelos amigos, no interesse comum, Noel acaba de fazer uma das supremas concessões de sua carreira: está visivelmente sufocado pela primeira gravata dos últimos vinte anos, homenagem a Sua Excelência, sacrifício pelos irmãos da selva.

— Eu gostaria que falasse agora o dr. Noel Nutels, o grande médico da Expedição Roncador-Xingu...

Getúlio encara Noel, que não sabe onde jogar a gravata e começa, muito respeitoso:

— Vossa Excelência... Quer dizer... Nós gostaríamos de dizer a Vossa Excelência... É... Vossa Excelência vai me desculpar, mas eu vou tratar Vossa Excelência é mesmo de senhor, senão eu me atrapalho todo na concordância...

Getúlio solta uma gargalhada, sacudindo a cinza do charuto. Suspiro geral de alívio. Está salva a pátria. Mas não o parque. Indisposto pela observação de Malcher, talvez, ou apenas atormentado por qualquer outro motivo (era um ano inquieto, de problemas crescendo), o presidente se limita a mostrar um interesse formal pela brilhante exposição de Noel e promete olhar o assunto com o maior carinho, ao dar a audiência por finda.

Debalde esperam eles o carinho presidencial. As semanas passam, os meses, o país conturbado por escândalos, clamores, oposição deblaterando, atentados e insultos, rio de lama a correr debaixo do Catete, com o tenente Gregório e os marginais da guarda pessoal apressando o trágico desfecho.

Vem o 24 de agosto. Sucedem-se vários presidentes, alguns de não esquentar a cadeira. Café Filho, Carlos Luz, Nereu Ramos, Juscelino. Há tempo até para o impossível da construção de Brasília e da rodovia que a levava a Belém. O Parque Nacional do Xingu, porém, terá que esperar por 1961, quando é finalmente criado por Jânio Quadros.

Muitos anos depois, lembrando a, na ocasião, inútil visita, Noel comentava com a esposa:

— O que me dana é que eu tive de aguentar o tempo todo aquela gravata pavorosa...

E como quem se vingava:

— Felizmente eu não gastei tanto Vossa Excelência como os outros...

— Coitado do Getúlio — diz Elisa. — Ele até que merecia...

— É, mas ninguém me avisou que ele ia morrer daquele jeito...

Dívida se paga...

Ele está é chegando aonde nunca havia imaginado chegar. Sem a menor intenção, na quase inocência, está insensivelmente ganhando foros de herói nacional.

Sim. Noel acabava de assumir pessoalmente uma dívida que não era dele, mas de toda a nação. Começa a pagar com juros a infância que só viera acontecer na sua vida depois dos dez anos, no interior de Alagoas. Tornou-se um dos soldados mais decididos na Campanha Nacional contra a Tuberculose. E como consequência natural, seu nome avulta e é visto agora nos congressos médicos e nas revistas especializadas.

Durante muito tempo o Brasil alienado cantara em prosa e verso as delícias da vida rural e a pureza da vida campestre, em contraste com a existência precária dos centros urbanos. Por outro lado, o índio, para o homem urbano, era pouco mais que uma referência literária e sentimental, na linha idealizada por José de Alencar e Gonçalves Dias. Um índio perfeitamente acadêmico. Sobretudo, saudável. O país ainda não tomara consciência da realidade. Que os dois milhões ou mais de íncolas do tempo das caravelas, estavam reduzidos, após quatro séculos, à décima parte. Que seus descendentes incorporados à população geral se confundiam com as camadas de mais miserável nível econômico nos levantamentos do Ibope. Que os aculturados, mas ainda de sangue quase limpo, no seu relacionamento com brancos e outras variações cromáticas da pele, estavam espantosamente marginalizados e se extinguiam pedindo esmolas ao caiçara do litoral paulista, "o mais baixo degrau da escala da sanidade nacional" (Villas-Bôas), vivendo na Amazônia como semiescravos do seringueiro, por sua vez outro pária, desintegrando-se nas reservas vizinhas dos senhores de terras que eram deles. E que as tribos e as nações indígenas que resistiam ao civilizacionismo e se fechavam na selva, inspirando um calunioso pavor aos que chegavam dos longes onde o sol nascia, vinham pouco a pouco sendo dizimados pelas vanguardas invisíveis do invasor: micróbios, bacilos, doenças mil, confessáveis às vezes, quase sempre vergonhosas.

Num relatório, tempos depois de receber o seu raio X, Noel dava conta da presença da tuberculose entre os índios ("Não sabemos por que surgiu entre nós a ideia de que na zona rural a tuberculose incide menos que nos outros centros"). E lembrando mais uma vez a denúncia do padre Colbachini e a frase por ele próprio ouvida do chefe Maluá, às margens do Araguaia, Noel recorda novamente que o mal chegara aos índios com os colonos e os jesuítas. "Não sabemos", dizia sorrindo, "se o índio catequizado foi para o céu. Podemos suspeitar, entretanto, que morreu de tuberculose." A peste branca devastava, ora afugentando os índios, movidos de justo pavor, ora trazendo-os de joelhos, procurando, para a doença dos brancos, os remédios que estes deviam ter. É dessa época a experiência de uma mulher excepcional, Loide Bonfim. Educada num orfanato, fizera voto de retribuir o recebido fundando, ela mesma, outro orfanato, onde mais se fizesse necessário. Calhou ter ouvido falar nos índios terenas em Dourados, sul de Mato Grosso, e para lá, praticamente só, se dirige. Entra, porém, muito logo, em contato com a realidade (menos de 20 anos tem ela) e compreende que os órfãos que está recolhendo precisam mais de enfermeira que de professora ou missionária. São quase todos tuberculosos e seus pais recém-morreram de tuberculose nos matos vizinhos. Loide suspende a tarefa iniciada, vai estudar enfermagem, que não havia tempo de fazer-se médica, e afinal se apresenta para a grande obra, que resultaria num hospital e num heroico orfanato. A obra cresce. Salas de aula, escola. Na ocasião em que Noel se embrenha no mato ela está empenhada numa campanha em favor de uma escola profissional (já então Loide Bonfim de Andrade, suas filhas se educam entre os curumins). Compreendera que ensinar o abecê ou converter não bastava. Ao atingirem os 18, 20 anos, ultrapassada a faixa etária do orfanato, já sem raízes na selva, seus índios "caíam na civilização" sem habilitação profissional, o que literalmente significava o caminho da prostituição para as meninas de sangue fervendo, da cachaça e do crime para os rapazes de cabeça quente.

Por tudo isso e pelo seu respeito pelo direito de sobrevivência das minorias culturais (em 60 anos 96 nações, falando 35 línguas diferentes, haviam desaparecido no Brasil), Noel não quer atrair e internar os tuberculosos produzidos no mato. Prefere ir até eles, diagnosticando e tratando *in loco* a tuberculose, a sífilis, ou qualquer outro presente dos brancos, sem contribuir para que eles troquem a borduna por um fuzil e a tinta de jenipapo por um batom ou pelo esmalte de unhas. Questão de ponto de vista, é claro. Opção, naturalmente. Porque há poucos anos, diante dos mesmos problemas, um presidente da Funai declarava: "Mais vale um engraxate, um padeiro, um pintor do que um índio nu dentro das matas".

Principalmente um engraxate...

Capítulo brasileiro

A ideia era antiga, vinha do tempo em que fizera o seu mestrado de tuberculose em companhia de Miranda e outros, no início da década de 1950.

Tomava corpo agora na comunhão maior com os problemas da mata.

O contato com os índios devia ser mais regular.

A assistência devia ser mais completa e mais assídua.

A penetração tinha que ser mais dinâmica.

Estradas, hoje abundantes ou quase, naquele tempo praticamente não havia, em particular no território de Noel. Na realidade, só naqueles dias, com Juscelino Kubitschek na presidência, renascia a consciência do vital problema rodoviário, levantada antes de 1930 por Washington Luís no meio da risota geral.

– Fui ridicularizado pela imprensa – dizia Washington Luís no exílio, em Nova York. – Puseram-me até um apelido – O Estradeiro – só por haver dito e posto na minha Plataforma que "governar é abrir estradas"...

Naquele ano de 1956, segundo depoimento de um jornalista especializado, somente o Paraguai e a Bolívia, na América do Sul, tinham menos quilometragem de estradas pavimentadas que o Brasil.

Com Juscelino uma nova era estava começando. O Brasil moderno divide-se em dois capítulos: antes e depois de Juscelino. Mas interior, penetração Brasil adentro, naqueles dias, só era praticável por via aérea. Por isso a Fundação Brasil Central teimava em criar aeroportos no sertão, sonho de João Alberto. Por isso o Brasil conseguia ser, forçado pelas circunstâncias, precursor da aviação em tantas áreas e soube escrever as páginas de heroísmo do Correio Aéreo Nacional.

Dono do sertão no passo a passo de suas andanças, ninguém mais do que Noel conhecia essa verdade.

E por isso, por saber e por amor, Noel sonhava com a organização de um serviço aéreo de atendimento médico aos seus índios, solução única, exequível na premência do momento, para o nosso país.

Muitas vezes com Meio Bastos, e outros pilotos do CAN, que já muito o auxiliavam, com os Villas-Bôas e com os médicos seus companheiros de trabalho, Noel discutia sem esperanças uma ideia que, dentro da precariedade brasileira, tudo tornava impraticável.

Muitas vezes na mata, muitas vezes no Rio, o assunto foi levantado por Noel entre amigos, um deles, o jornalista Paulo de Medeiros e Albuquerque, herdeiro de um dos grandes nomes da inteligência brasileira.

Acontece que o presidente da República estava começando a ser Juscelino Kubitschek. Seu ministro da Saúde era jornalista, escritor e médico ilustre, o professor Maurício de Medeiros, providencialmente tio de Paulo, amigo e tantas vezes confidente de Noel.

Numa visita de tio e sobrinho, o nome de Noel vem à baila. Paulo fala dos sonhos incríveis e generosos do amigo. Maurício de Medeiros se entusiasma, acha a ideia genial. Pena depender de um quase impossível: um serviço aéreo regular, nada barato, à sua disposição...

É quando ambos se lembram de que o Ministério da Aeronáutica estava nas mãos de um parente comum e muito chegado: Henrique Fleiuss, o ministro, era irmão, por parte de mãe, de Maurício de Medeiros.

O quadro mudava... Talvez se desse um "jeito", coisa tão brasileira.

Aliás, a colaboração da Força Aérea Brasileira (FAB), nunca antes negada a Noel e às expedições interioranas, já era uma tradição que muito a honrava.

Pouco depois, o ubíquo Noel está de novo no Rio e se encontra com Paulo, que lhe conta da conversa e das reações do "tio Maurício".

Noel estava no Rio mais uma vez e, mais do que nunca, vinha decidido a levantar o assunto contra tudo e contra todos.

Era questão de honra e de paixão, pela qual se batia sedento, cético e teimoso...

Ouve o relato do amigo e simplesmente não acredita.

— Você está me gozando. Eu conheço o meu país...

Mas no dia seguinte, embora incrédulo, resolve ir ao Ministério da Saúde, faz-se anunciar, procura o dono da casa...

Claro que não está acreditando. Não está sequer tomando a sério o que ouvira do amigo. Mas viera ao Rio para falar, tem que falar, o assunto é dele, interessa ao país, o ministro tem que ouvir.

Os dois são médicos, os dois se conhecem, íntimos não são.

— Sua especialidade é a psiquiatria, não é, ministro?

O outro confirma, risonho, sem perceber o porquê da pergunta.

— É que eu queria saber se sou ou se não sou louco. Todo o mundo diz que sim...

E pela enésima vez começa a discorrer com luxo de detalhes e calor de paixão sobre o problema do atendimento médico e sanitário das tribos indígenas e sobre o seu plano maluco de torná-lo possível.

O ministro ouve atento, sem qualquer comentário.

Noel vai-se inflamando. A aparente frieza do ministro (o sobrinho, infelizmente, estava muito enganado, bem fizera em não se deixar embalar por suas palavras...) parece-lhe um desafio novo. E todo o seu messianismo inato transborda. Fora preparado. Levara filme e projetor consigo. Mostra o que já vinha fazendo. Tempo perdido? Não importa. Precisa falar!

Afinal, numa pausa em busca de novos argumentos ou de uma pincelada mais forte no quadro, é surpreendido por uma pergunta do ministro:

— Mas por que limitar o atendimento aéreo apenas aos indígenas?

Noel arregala os olhos.

O ministro insiste:

— Por que não estender o serviço para toda a população das áreas mais carentes do interior?

Noel não estava querendo acreditar, mas estava nascendo, naquele momento, o Serviço de Unidades Sanitárias Aéreas (Susa), algo de pioneiro e de grande no mundo.

A BOA SURPRESA

Aquele encontro com o titular da Saúde é decisivo em sua vida.

Na sua e na de milhões de brasileiros: o Susa não é um entusiasmo passageiro. De sigla e de nome mudados, e naturalmente adaptado às novas condições, ainda hoje dá continuidade à sua obra.

O que a Noel sempre parecera um sonho irrealizável, existindo e se avolumando apenas em seus devaneios, porque era o sonho que oxigenava os pulmões daquele homem irreverente e brincalhão, transforma-se de repente numa possibilidade fabulosa de realização imediata.

A própria pergunta inesperada de Maurício de Medeiros (por que só para os índios?) ele muitas vezes a formulara a si mesmo, nem sempre a mencionando nas conversas do cair da noite ou nos acasos do teco-teco no céu, porque não queria exagerar no direito de sonhar em vão. Tanto assim que ele teria respondido ao ministro, assumindo, com o rumo novo da conversa, um ar quase conselheiral, desses com jeito de gravata no pescoço:

– É o que eu muitas vezes me tenho perguntado também...

Na realidade, desde que se lhe falara no assunto, Maurício de Medeiros antevira, empolgado, o imediato alcance do projeto, capaz de galvanizar a opinião pública, ideia nova e fecunda, perfeitamente enquadrável na audaciosa plataforma de um presidente que se propunha a reformular a vida brasileira e em cinco anos de governo dar ao país 50 anos de progresso ou, quando nada, recuperar os 50 anos que havia perdido no cotejo com alguns vizinhos na marcha para o desenvolvimento.

Era, acima de tudo, a possibilidade, para o seu ministério, de fazer uma das mais arrojadas experiências do mundo no atendimento médico-sanitário das massas marginalizadas ao longo da História.

Noel, num movimento impulsivo, pisara, sem o saber, em terreno especificamente preparado para a sua visita.

Ministros já se haviam falado. Sugestões tinham sido trocadas. Dificuldades burocráticas haviam sido "resolvidas" em família. Até áreas prioritárias tinham sido ventiladas. Esperava-se apenas o Homem.

Que no caso era Noel, duplamente dotado pelo Destino.

Dono da ideia e como tal sempre reconhecido e proclamado pelo próprio ministro, Noel seria, no momento, o único e privilegiado ser em condições de executá-la.

A SORTE ESTÁ LANÇADA

O encontro com o ministro e a perfeita comunhão de ideias que revelou tinha de partir para os fatos.

E assim foi.

Maurício de Medeiros submete o projeto a Juscelino. O presidente é, antes de qualquer coisa, médico e político.

A compreensão é imediata, o apoio, total.

Poucas vezes no Brasil um projeto de real interesse público vence tão rapidamente as barreiras tradicionais da burocracia e consegue tantas e tão dedicadas adesões.

A primeira é fundamental: a da Aeronáutica. Sem ela a obra seria impraticável. O Susa vai ter à sua disposição os Douglas C-47 do ministério, gigantes do ar, naquele ano longínquo de 1956, comparados com os heroicos teco-tecos em que antes, mais na base do amor que da obrigação, Noel e seus companheiros se deslocavam pelos céus do sertão.

Ditadura não era. Muito pelo contrário.

Oposição havia, com direito de gritar e protestar.

Era um tempo gentil...

Mas o franco apoio presidencial contribuiu poderosamente para que a iniciativa encontrasse por todos os lados a maior boa vontade.

Todos sentem a grandeza da iniciativa.

Forças e esforços rapidamente se conjugam. O Departamento Nacional de Saúde, o de Endemias Rurais, a Divisão de Organização Sanitária, a da Organização Hospitalar, os Serviços de Tuberculose, de Lepra, de Malária, de Câncer, de Educação Sanitária, o Instituto Oswaldo Cruz (Manguinhos), o Instituto Brasileiro de Geografia e Estatística (informações indispensáveis à planificação), os Douglas C-47 do Correio Aéreo Nacional, tudo é convocado e colabora.

Simultaneamente, a notícia transpira e Noel tem a sua própria torcida. Os jornais, a princípio tateando, logo a seguir donos do fato, já entusiasmados, irrompem numa das mais espontâneas e calorosas campanhas de publicidade que uma iniciativa de real interesse já recebeu neste país.

O Susa é basicamente profilaxia e educação. Levantamentos cadastrais de necessidades e problemas do interior, vacinação em massa contra as endemias que assolam o país e lhe minam os alicerces, criação de uma nova mentalidade nas populações até então ao deus-dará.

Quase a toque de caixa se organiza a expedição experimental. Está prevista para a segunda quinzena de maio a partida da primeira unidade. O Douglas C-47 que a vai tornar possível oferece bastante espaço útil, pode transportar bastante estoque de remédios e vacinas (laboratórios nacionais e monopólios multinacionais estão contribuindo com vultosos donativos para aquela nova abertura de mercados), afora abundância de equipamentos de toda sorte. Vai munido de raio X, aparelho de abreugrafia, cadeira de dentista, macas, geradores elétricos, instrumental cirúrgico de odontologia e medicina e até filmes educativos com os projetores que vão proporcionar o primeiro contato, em muitas vidas já longas, com o cinema, novidade destinada a empolgar tanto os índios nus quanto os sertanejos seminus.

Os jornais anunciam, afinal, a formação da primeira equipe, digna de passar para a História: quatro médicos (Josias Machado da Silva, Carlos Monteiro Valente, Rubem Belfort Matos e o próprio Noel), um dentista (Vicente Rodarte), um operador de raio X (Paulo Barbosa) e um vacinador de multidões (Arlindo Luís Faria).

Esse pequeno grupo é conduzido por uma equipe da FAB que também merece ser lembrada: capitães Jorge Moreira Lima e Sílvio Monteiro e sargentos Nicolau Conde (mecânico) e Calhao (rádio-operador).

A 17 de maio partem eles.

Vão fazer 7.500 quilômetros pelos céus de três estados: Goiás, Mato Grosso e Pará.

Vão operar em 10 pequenos centros, começando por descer em Aruanã, Goiás, visitando a seguir Conceição do Araguaia, o Posto Indígena de Gorotine (índios caiapós), Cachimbo (base da FAB), Jacareacanga (de próxima e passageira projeção política), Xavantina, Barra do Garças e São Félix (MT), terminando em Aragarças, novamente em Goiás.

As áreas percorridas são de miséria alarmante, viveram até esse momento em desesperador abandono, reflexo de uma situação comum ao país inteiro. Vão ser encontrados não apenas índios propriamente ditos, mas sertanejos *tout court* que até os 70 anos jamais haviam recebido uma simples vacina contra a varíola, "a mais elementar forma de saúde pública", diria Noel numa entrevista. O próprio ministro da Saúde lembrará em discurso, pouco depois, que entre os 2.400 municípios existentes no país há nada menos de 562 sem presença de médico.

A carência é total.

A missão enche-se de espanto ao surpreender os dentes impecáveis com que mastigam e riem os xavantes, de "pacificação" recente, mas se encolhe penalizada diante da boca dos caiapós, que se submetem ao boticão com o tranquilo e frio estoicismo de quem está de há muito acostumado "a esportes e práticas da maior violência". Para alguns é essa a possível explicação. O fato é que eles deixam a cadeira do dentista cuspindo sangue e sorrindo como se nada sofressem. Igualmente maus são, com frequência, os dentes do sertanejo comum, cujo sorriso muitas vezes parece estar sendo disputado à dor de dente.

A unidade é um hospital volante. Chega, desce, chama, ausculta, vacina – sobretudo e contra tudo vacina –, alivia sofrimentos e, sempre que pode e não há outra solução, em casos graves de possível cura, transporta enfermos para centros mais aparelhados. Mas tem que levantar voo a seguir. Não é de ficar. No caso dos dentes, por exemplo, naqueles fins de mundo sem porteira, só pode arrancar os sem conserto e curetar as cavidades deixadas. Extrair é a solução que a equipe volante pode oferecer. E em pouco mais de três semanas de contínuo subir e baixar, alto-falantes convocando povo, o boticão oficial alivia as queixadas sertanejas de 3.484 dentes já inúteis e fazendo sofrer. Só num dia, em Xavantina, 147 são extraídos. Felizmente, com alguns, não era preciso fazer muita força. Apenas questão de puxar e fazer a curetagem.

O MINISTRO VAI VER

A unidade não fora organizada apenas para aquele adoidado extrair de dentes rebeldes ou amansados no sertão.

Os homens que o ministro, impaciente, iria surpreender em trabalho nos domínios dos Villas-Bôas, entre os caiapós do Posto Capitão Vasconcelos, estão realizando uma obra global dentro da relatividade das coisas.

Buscam todo mundo.

– Tudo de graça! Tudo grátis! – dizem faixas que atravessam as ruas humildes.

Para quem não soubesse ler, alto-falantes estão gritando e repetindo:

– É de graça! Venham todos! Vacinação grátis contra febre amarela e tuberculose! Extração de dentes grátis! Curativos e remédios grátis! Tudo por conta do governo!

Estão sendo visitadas as bacias de três grandes rios, o Araguaia, o Xingu, o Tapajós.

Carajás, caiapós, xavantes, mundurukus, menacos, iaualapitis e outros abencerragens de nações no fim estão recebendo cuidados médicos, as primeiras vacinas e remédios, tomando conhecimento com o cinema, aquela estranha maquininha que projetava nas paredes figuras humanas se movendo e mexendo, falando, rindo e às vezes fazendo rir.

Mestiços de todos os caldeamentos raciais e de todas as doenças estão sendo amparados. São palavras do próprio ministro: "sem acreditar que afinal foram lembrados".

É comovente aos olhos de quem sempre vivera à sombra amável do consultório, da cátedra e agora do gabinete ministerial, sempre no Rio, encontrar colegas jovens afundados na mata, numa exaustiva multiplicação de bem servir.

Mais de uma vez em entrevistas, palestras e até na sua coluna do *Diário Carioca*, em silêncio havia nove meses, desde que assumira a pasta da Saúde, Maurício focaliza o desprendimento – e por que não bravura? – com que aqueles homens se entregam à sua tarefa, nas mais precárias condições de trabalho.

"Ao chegar ao local" – escreve um correspondente de *Visão* – "a aparelhagem é montada. Um custoso aparelho de raio X é armado sob uma barraca, tendo a pequena distância um gerador a gasolina. Em outro lado, uma cadeira de dentista portátil é arrumada, enquanto, sob caixotes e à sombra de uma árvore, são dispostos os aparelhos de laboratório para pesquisas. Ainda ao ar livre funciona o oftalmologista, que prega a uma árvore os seus desenhos e inicia os exames da vista de cada paciente. Um tisiologista examina cada um com paciência, ao mesmo tempo que são feitas as radiografias necessárias. Como se fosse um autêntico ambulatório de um grande hospital, aparecem os portadores das mais diversas doenças, muitos necessitando cuidados que uma simples equipe de emergência não poderia dar."

É assim que nessas poucas semanas da experiência inaugural a equipe consegue atender a milhares e milhares de pacientes, numa corveia começada com o nascer do sol e prolongada noite adentro.

O balanço é eloquente: 3 mil vacinações contra varíola e febre amarela (3 mil vidas sob esse aspecto protegidas), 823 exames clínicos, 600 exames oftalmológicos, 4 mil abreugrafias e um sem-fim de aplicações de BCG oral, extrações, curetagens, ouvido no peito e mil coisas mais de fazer índio rir infantil (e filosoficamente) das complicações que o branco inventa para se redimir das doenças que lhe tem transmitido.

Tudo o ministro observa.

Tudo vai relatar, entre comovido e quase incrédulo.

Foi ver *in loco* a primeira experiência.

Volta maravilhado.

Mostra aos amigos o ingênuo colar de dentes de jacaré e de cobra com que o agraciou Kanato, chefe dos camaiurás em vias de extinção.

Já está anunciando que em agosto seguinte irá com seus próprios olhos, amigos não de ler relatórios, mas de ver os fatos, acompanhar a segunda bandeira do Susa, dessa vez na Bahia, no Bom Jesus da Lapa e em Paulo Afonso.

Jamais esquecerá o espetáculo visto em Mato Grosso, de "povo que chegava animado, confiante e encorajado pela presença do governo federal em paragens tão distantes" (afinal ele é governo...).

Mas é o primeiro a proclamar qual a alma, a inspiração, a quase compulsão daquele pequeno ajuste de contas na mata. É um homem só: Noel Nutels.

Nele, no seu bom humor e na sua alegria transbordante, os companheiros se apoiam, o sertão acredita.

Hoje tem espetáculo

O alegre Noel, tão do louvor ministerial (mais tarde o chamariam até de santo, mas santo bom de bofes, sem qualquer amargura...), ganhara projeção fora de Pernambuco pela primeira vez ao participar da embaixada do frevo que sacudiu o Rio no Carnaval de 1935.

O *showman* já entrevisto nas estudantadas do Recife continuaria pelo tempo.

Nem a selva nem a multidão de doentes nem as doenças de multidão nem a descoberta das misérias da nossa pobreza nem as responsabilidades com estas assumidas vão mudar-lhe o temperamento, a maneira de ser.

Talvez até contribuíssem para mais acentuar o seu feitio.

O dia a dia com os descalços, o convívio com os desamparados, a necessidade de fazer amigos, nele espontânea – mas vital para a missão que se traçou –, apelam a todo instante para os seus dotes histriônicos e para o seu sentido do espetáculo. Sua alegria é incentivo para os companheiros, ponte para os desconhecidos, especialmente os que pretendem conquistar e servir.

A capacidade de manipular a plateia e de tê-la sob controle, revelada no antigo Carnaval do Cine Alhambra, vai ser amplamente aproveitada nas jornadas pelo interior do Brasil, dando-lhes um sabor festivo de atração popular.

Ele não é homem de se estabelecer, já se viu muitas vezes. Nunca o foi, jamais o seria. Elisa é uma aberração na sua vida, um quase milagre do Antigo Testamento.

Bem pensado, as Unidades Aéreas não são apenas a única solução no momento para o problema da educação sanitária da pátria. São também uma tentativa de solução para o seu próprio problema. Ele é como São Paulo, em particular, e como o show de um modo geral: não pode parar.

E como está chegando e já vai partir e como precisa realizar o máximo num mínimo de tempo (o resto do país está esperando vez...), e como não pode sair atrás dos pacientes, mas precisa de todos ao alcance da vacina, da abreugrafia, do cadastro torácico, do conselho médico e do boticão bem manejado, ele tem que agir mesmo é na base do espetáculo.

Um show febril que se anuncia de longe.

Para facilitar-lhe a tarefa, todo o país participa do Susa como torcida cativa. Desde a primeira hora Noel funciona como alívio da consciência nacional, é mais notícia que qualquer crime na cidade, qualquer terremoto ou guerra no estrangeiro. O rádio e a imprensa estão atentos. A televisão, inaugurada em 1950, dependia ainda muito da boa vontade e da imaginação de seus fãs, mas havia quem visse, ouvisse e até entendesse as suas mensagens. Sua audiência acompanhava com a mesma vibração patriótica as notícias do Susa.

O que é feito é proclamado, o que vai ser feito e onde vai ser todo o mundo já sabe.

Prefeitos, governadores, líderes políticos estão telegrafando ao senhor ministro pedindo prioridade para a "esperança que descia do céu". Já na segunda expedição, desta vez pelo interior da Bahia, há expectativa local do maior interesse.

Mas Noel tem a preocupação do máximo rendimento. Ele tem ideia bem nítida da tarefa que há pela frente. Já estão sendo organizadas novas unidades, para ação mais ampla em várias direções ao mesmo tempo. É preciso capitalizar, porém, cada oportunidade e atender ao maior número.

Daí o tratamento de show.

Ele não ignora ter contra si, apesar de tudo o que oferece, a desconfiança do sertanejo, cansado de mil experiências em matéria de poder público. O povo se retrai sempre que se fala em governo. Que sempre foi, para ele, apenas o selo na mercadoria, o fiscal de renda, o político tomando bênção de cachorro antes das eleições e dando pontapé no dono do cachorro quando eleito.

Nordestino desde os nove anos de idade, Noel conhece tudo aquilo e não ignora o que a literatura de cordel, desde os tempos de Leandro Gomes de Barros, tem dito com justeza contra fiscais, políticos, "povo da minha terra" e outras maneiras de tomar dinheiro aos que não têm.

Governo, para o povo pequeno, é sempre e apenas extorsão. Tanto assim que, em certos lugares, chega a ser contraproducente lembrar que o "hospital aéreo" é mandado e mantido pelo governo federal.

Por isso o "Tudo de graça" é falado e gritado pelos jornais, pelo rádio, pelos alto-falantes, pelas faixas que atravessam as ruas.

Ainda assim, a desconfiança é geral e constante.

J. Figueiredo Filho, num jornal do Crato, conta que um caboclo se aproximou cauteloso do tumulto dos alto-falantes e dos agitados aventais brancos dos médicos da Unidade e perguntou:

— Mesmo de graça, quanto é que a gente paga?

Por outro lado, o tratamento de show, tão importante para atrair a curiosidade do povo, levava por vezes o tabaréu mal informado a exageros de interpretação literal.

Em Mato Grosso, olhando de longe as coisas que desciam do avião, barracas sendo armadas, aparelhos transportados, discos tocando e toda aquela confusão de coisas saindo e sendo expostas ou dispostas, um nordestino mais viajado e acostumado a ver coisas se aproxima e procura informar-se, já interessado:

— Moço, esse circo tem peça com apoteose no fim?

Peça com apoteose, para ele, era o máximo e devia ser indispensável a um circo muito do barulho, muito do bate-caixa, mas, pelo visto, sem leão, sem elefante, sem girafa, talvez até sem palhaço...

O SHOW CONTINUA

Belém está programada. Em outubro tem visita.
Dezenas de vilas e cidades, em vários estados, já tiveram vez. Milhares e milhares de enfermos tinham sido tratados. Já havia pequenas multidões, ilhas no vasto país, libertas para sempre (ou quase) de contrair certas doenças que matam, de preferência, gente pobre. O fantasma da tuberculose já perdeu chance em muitas vidas.

É pouco e já é muito.

É muito e ainda é pouco.

Pensando em tudo aquilo o alegre Noel tem muitas vezes lágrimas nos olhos, que procura disfarçar com a primeira pilhéria.

– Ele talvez não tenha o que comer, mas já não morre de varíola nem de febre amarela. Tem que arranjar outra coisa...

Sua parte vai fazendo.

Naquele segundo semestre de 1956 estão na alça de mira o Nordeste e o Norte.

Com seu espírito objetivo, pensa rapidamente nas grandes romarias da tradição popular. Elas representam fabulosas concentrações. É gente gastando alpercata em viagens de 100, 200 e às vezes mais quilometragem, em busca de cura ou milagre, graça por pedir, votos e promessas por pagar, um dos espetáculos mais impressionantes do sertão. Até certo ponto, um flagelo social dos mais terríveis. Desnutridos, cansados, os romeiros chegam. Doenças traziam, doenças novas, a exaustão, os convívios da miséria itinerante acrescentaram, terreno fácil para o intercâmbio indesejável. É gente sem defesa para os novos contágios. O desconforto ajuda. Lugarejos sem recursos recebem 50, 60 mil romeiros, por vezes mais, nas grandes peregrinações religiosas. É povo se abrigando em grutas, cavernas, telheiros, sombra de árvores restantes, tossindo, escarrando, se aliviando em comum na curtição da pobreza geral. Julho está correndo. Está no auge a romaria do Bom Jesus da Lapa, à margem direita do São Francisco, desde os fins do século XVII uma das mecas da devoção sertaneja.

A população da cidadelha, que surgiu em torno da Lapa com a devoção do pintor português que se tornou frei Francisco da Soledade, morto em 1722, é de 3 mil habitantes naqueles idos de 1956. Recebe anualmente, a acreditar nos jornais da época, para mais de 80 mil romeiros, beatos e cangaceiros de teimosa-crença. A renda normal do município é de 365 mil cruzeiros, sobe a mais de 2 milhões nos meses em que a pobreza de longes terras a procura. Paralelamente com os romeiros convencionais – e não menos devotos –, mendigos e prostitutas afluem sedentos, contando com as fraquezas do coração e da carne, que sempre acompanham as chegaças da fé.

Para o trabalho do Susa não há campo melhor, todos os doentes e todas as doenças têm encontro marcado no Bom Jesus da Lapa. É chegar e servir. Ou se servir...

Conhecendo o seu meio, Noel tem o cuidado de se entender previamente com os padres. Não vai concorrer com os milagres da fé... Não vai recolher ou desviar ofertas. É tudo grátis. Vem colaborar, mandado pelo governo. Ele e seus homens não são, de modo algum, a besta-fera das profecias de padim pade Ciço. A presença do Susa é uma verdadeira graça que o Santuário oferece aos romeiros. Consegue vencer facilmente as primeiras desconfianças. E abre depois as comportas do seu show, trombeteia, conclama, sacode o povão, atende a milhares, já de visita marcada para Paulo Afonso, onde um quisto recente de miséria está formado em frente à Usina Hidrelétrica do São Francisco, um dos marcos do que algum dia será a recuperação do Nordeste.

De fato, Vila Poti está chamando. Surgiu há poucos anos, espontaneamente, e é uma chaga ao sol do progresso que chega. Quando multidões, vindas de todo o Norte, irromperam em Paulo Afonso, à procura de emprego na construção da Grande Usina, começou a surgir, numa região antes deserta, uma população neomarginalizada e sem esperança, formada pelos que não tinham condições físicas de trabalho e pelos que já não tinham trabalho, porque já terminados os contratos. Quase todos tinham vindo acompanhados. A migração era sempre de todo o grupo familiar. Sem condições de voltar nem "para que"... Começam a surgir então casebres miseráveis, cobertos ou paredeados com sacos vazios do cimento consumido pela represa. Poti era a marca do cimento. Vila Poti ficou sendo a favela...

Dizia-se que o imenso aglomerado já orçava por dez mil moradores, com 80% de mulheres e crianças e 20% de aleijados e velhos, incluídos os cegos que acompanhavam as grandes migrações, mão estendida à caridade compreensiva da pobreza.

Os chefes de família e os mais válidos tinham partido novamente, desta vez menos confiantes, a tentar outros rumos de trabalho.

As famílias ficavam à míngua, muito que fazer para o Susa. Noel e os seus para lá se dirigem (Miranda já fazia parte da equipe). O povo precisava e o senhor ministro, de passagem para um congresso médico em Fortaleza, queria rever sua equipe em ação. Teria o que relatar aos confrades, no Ceará, próxima etapa da unidade. Aliás, os festejos do Canindé, romaria de fama também, iriam facilitar o seu trabalho.

Nessa oportunidade, Noel, pioneiro que sempre se renovava, preocupado em atrair maior número de pacientes para o raio X, as vacinas, as injeções e o boticão, iria introduzir algo novo em matéria de educação médica e sanitária no Brasil, talvez no mundo. Acabava de contratar Siqueira de Amorim e outros cantadores para chamar povo, ministrar conselhos de higiene, tudo em verso e ao som do violão.

De tal maneira funcionou a ideia, foi tal o sucesso dos repentistas em Fortaleza e no interior do estado (Noel conhecia a sua gente) que, com semanas de antecipação, já os jornais de Belém transmitiam a notícia "diferente". A caravana de Noel se faria acompanhar de dois repentistas do povo: Evaristo e Fonseca.

Com o estoque de remédios, vacinas e respectiva parafernália, tudo completamente renovado, com sua equipe de médicos e enfermeiros de excepcional dedicação, com seus violeiros transformados em educadores sanitários, o Susa desceria em Belém na hora melhor, exatamente como em Bom Jesus da Lapa e São Francisco do Canindé: quando o Círio de Nossa Senhora de Nazaré estava congregando milhares de peregrinos e devotos em estado de graça, em clima de milagre.

Rotina de imprevistos

Janeiro de 1957 é mês de euforia nacional. O país se redime de velhos remorsos, está pagando velhos pecados.

A equipe de Noel descansa no Rio, aprestando-se para as empreitadas do ano novo.

Apesar de sua euforia pública, Noel intimamente vive uma relativa insegurança. Teme pelo destino do Susa, tão maravilhosamente aceito, mas dependente da política e do favor oficial. A menor dificuldade ou dúvida que surja, pode ser corte de verbas, até mesmo supressão do serviço. É preciso manter o fogo sagrado. Lisonjear e comprometer, ao mesmo tempo, o poder público diante da opinião do país. Há que evitar toda e qualquer solução de continuidade ainda que mudem os homens ao timão do barco. Uma inesperada alteração na cúpula pode prejudicar vastas áreas populacionais, as mais carentes.

Felizmente há muito que relatar. Maurício de Medeiros tem motivos e fatos para entusiasmar o país. Fala no trabalho imenso de seis meses, esforço conjugado de dois ministérios, o dele e o de seu meio irmão Henrique Fleiuss. E corajoso antecipa a meta de 100 mil atendimentos pessoais em 1957 (era o tempo das metas juscelinianas, das quais ainda muitos sorriam, inclusive Brasília).

De fato, o balanço era bom: seis meses, quatro viagens, 17 localidades em sete estados, servindo a muitos outros através do uso estratégico das romarias como ponto de apoio, 33.474 pessoas atendidas e 145.186 serviços médicos prestados.

A perspectiva de ultrapassar esse recorde era perfeitamente razoável. O ministro e Noel têm a mesma preocupação com o futuro. Juscelino, radiante de otimismo, já antevê um tópico precioso para as suas mensagens. Todo o país se movimentava e começava a clamar pela presença do Susa.

Justamente a primeira viagem do ano é para atender aos insistentes pedidos do governador de uma das mais distantes e abandonadas unidades da Federação, o território de Rondônia. De Porto Velho, a pequenina capital, onde a carência do meio exige um trabalho gigantesco, a equipe se desloca por via fluvial ou pela incrível e heroica estrada de ferro Madeira-Mamoré; visitando mais 15 cidades e povoados de extrema pobreza. É algo de particularmente descido do céu, como em Vila Poti. No seio daquela população rarefeita há oportunidade para milhares de intervenções médicas, pela primeira vez, praticamente, em cada vida. É tal a situação que Rondônia já se inscreve, como cliente cativo, no roteiro do ano seguinte e dos anos futuros.

Um jornal de oposição, *O Guaporé*, dará uma ideia da pobreza do meio. Conta que a Divisão de Saúde local não dispõe de uma simples geladeira para oferecer à unidade volante. Salva a honra do território um particular, o proprietário do Café Santos, que franqueia ao Susa as portas do seu estabelecimento e da respectiva geladeira.

"Com efeito – diz o jornal –, solicitado a prestar essa cooperação, prontamente o senhor Humberto Amorim cedeu e esvaziou uma parte do seu refrigerador para guarda de BCG e outros medicamentos." Ia mais longe, na sua denúncia: "Não há uma geladeira do governo do território para serviço de tal monta..." E acrescentava, com amargura, que todos os refrigeradores adquiridos pelo território nos últimos governos "estão proporcionando conforto não só aos importantes da situação, mas de chefinhos, chefetes e chefetinhos, quando não abandonados em desvãos como sucata, negando o governador ínfimos recursos para recuperá-los...".

O desabafo ocasional se desdobra em acusações mais violentas, denunciando irregularidades e abusos, reais ou não, mas que são um crédito para os tempos de Juscelino: lá nos confins de Rondônia, quase na Bolívia, há liberdade de imprensa e é general, nada menos que general, o governador do território.

Com ou sem geladeira, povo a precisar mais de comida que de geladeira, o general está de parabéns: empenhou-se com todas as forças para que se iniciasse pelo seu território a jornada Susa de 1957. E valeu a pena! Os 14 dias da Unidade em Rondônia passarão para a história. Em telegrama ao ministro da Saúde, o general Jaime Araújo dos Santos apresenta números eloquentes do serviço prestado: 11.150 abreugrafias, 105 telerradiografias, 4 mil BCGs, 11.537 vacinações antivariólicas, 11.801 exames oftalmológicos (585 casos positivos de tracoma!), 2.285 extrações dentárias e mais e mais e muito mais. Medicação fornecida em quantidade: somente comprimidos de hidrazida, 21 mil.

Nesse ritmo vão correr os trabalhos do ano todo. Até a Bolívia, relativamente ali perto, vai ser visitada.

Brasília tem vez.

Os primeiros levantamentos sanitários da capital em construção serão feitos pelo Susa. Bom Jesus da Lapa e Paulo Afonso terão visita nova, serão fregueses no futuro. Em julho estão eles em Caiapônia, Goiás, e já se anuncia uma excursão ao norte do estado do Rio, tão pobre quanto o Norte... do Brasil. Em todas as direções partem as Unidades. Quanto possível vão atrás das romarias, onde há de tudo ao seu alcance em matéria de tuberculose, úlcera, bouba, lepra e mil outras misérias humanas.

Vai ser assim e cada vez mais assim durante muitos anos.

Mas aos males de rotina juntam-se os imprevistos. A meia altura de 1957 a gripe asiática faz a sua *entrée*... Vem se alastrando pelo mundo, acaba de estender o seu manto pela América Latina. É Singapura que chega. Já matou gente na Venezuela. O Brasil é campo de eleição para epidemias importadas. O Susa é convocado. Aparelha-se para aplicar as vacinas salvadoras. Noel pensa logo nos seus índios (ainda no último dezembro achara tempo para uma conferência sobre os kubenkrahken a convite de Gilberto Freyre, no Recife) e para os índios também corre. Não consegue esquecer que três anos antes o sarampo, doença menor na cidade, surpreendeu um aldeamento de 800 índios e, em semanas, devorou 170.

Após a luta incidental contra a Singapura (todo o sertão estava aprendendo geografia: Singapura, capital... será que tem?), recomeça a castigar o

Nordeste e a pedir reza nos lares aflitos uma calamidade que está em todas as lembranças nordestinas e é revisão de rotina em todas as profecias de místicos e beatos sertanejos. Chegou 1958. É a seca. A mesma desgraça de 1953 e de 1954. Vem subvertendo o sertão, mil tentativas feitas para socorrer os flagelados. Mas agora existe o Susa. É justo convocar o Susa. A seca alarga o seu triste domínio. No desespero geral, um folheto do povo cantava:

> Se for assim o sertão
> vai perdendo a poesia
> até mesmo a passarada
> diminui a melodia
> talvez que nem cante mais
> na manhecença do dia

Engajado na luta contra a seca, até víveres o Susa transporta eventualmente. As grandes concentrações de "aflagelados", como dizia outro poeta popular, fazem como as romarias: arrumam o povo para o tratamento, embora em condições muito mais dramáticas. Os sertanejos estão fugindo ou simplesmente procurando comida. Criam-se obras de emergência para dar um salário de não muito comer aos retirantes. Construção de rodovias é uma das soluções emergentes e para elas os flagelados, se arrastando, caminham. Até eles vai o Susa, a oportunidade é boa para a sua intervenção, suas vacinas e seus cadastros. Piancó, Patos, Catolé do Rocha, Santa Luzia, Soledade são aflições na Paraíba. Os romeiros dos anos anteriores são agora simples retirantes. Procurando trabalho, dando trabalho, recebendo trabalho.

Um repórter de João Pessoa, escrevendo do município de São Gonçalo, em abril de 1958, conta que viu, num dia, 1.500 flagelados a receber vacinas e o possível tratamento na prevenção contra epidemias que no passado acompanhavam sempre as levas de retirantes maltrapilhos.

Nesse meio tempo está sendo construída Brasília (entre os seus candangos há milhares de nordestinos fugidos à seca) e, simultaneamente, está sendo aberta, no coração da selva amazônica, a ligação Belém-Brasília, que teve por mártir o grande Bernardo Saião e um sem-fim de anônimos trabalhadores.

É uma das obras de Juscelino de maior repercussão futura no panorama nacional, empresa que tenta resgatar o Brasil da vergonha de tão tarde haver acordado para o *slogan* pregado por Washington Luís antes do exílio.

Nessa luta contra a floresta, o clima, as feras, o desconhecido e os imprevistos, começam a surgir sintomas de moléstias tropicais que dizimam os pioneiros e desnorteiam os médicos.

Quem pode ajudar esses médicos? Quem, como médico, tem varado os sertões e conhecido os seus males? Quem pode percorrer, com estes médicos, as centenas de quilômetros já rasgados na terra observando os seus doentes?

Há um homem comprometido com o sertão. Está com sua Unidade num qualquer fim de mundo. Mandam buscá-lo. Lá vem ele feliz. Seu nome é Noel.

A MÁGOA OCULTA

Os anos vão passando, experiências chegando. Soma delas. Aprendizado. Multiplicação. Entusiasmo no trabalho feito. Visão quase aterradora, porém, do que há por fazer. Quanto mais se multiplica, mais sente Noel o que está faltando, o quase inútil do alongado esforço, dele e dos seus.

Na alegria contagiosa que tanto impressionara o ministro, há uma sombra agora, que é lá dentro: não estará construindo sobre a areia, não estará pondo grãos de areia na brancura da praia ou gotas de água nas ondas do mar?

Há muito que Elisa, Salomão e Bertha são pouco mais que fugas, de ruidoso clarão, ao dia a dia e aos inesperados do serviço. Quando vem ao Rio é trazendo índio enfermo (quase sempre trazia um companheiro de tribo para o enfermo ter com quem falar), problemas a resolver, de vária sorte, mais gente a contratar. Escolha foi dele, ninguém nega. No seu dia a dia e nos seus inesperados se comprazo, sente-se à vontade, se realiza como homem que preenche o seu tempo e o tempera com sabor de aventura e gosto de trabalho feito. Mas cada dia se sente cada vez menos realizado. Alardeia as suas estatísticas e os seus relatórios nos jornais, desdobra-se em entrevistas e conferências. É o homem público de maior boa vontade para receber repórteres e enfrentar auditórios. Um pouco, porque precisa de mais apoio, mais gente, novos recursos, novos médicos, remédios, aviões... Um pouco, ou muito, para se atordoar.

Quanto mais viaja mais vê.

Quanto mais viaja, mais vê e mais faz, mais se amargura por dentro.

Não quer pensar no que falta, no incompleto do que vem fazendo, no impossível de fazer de outra forma. Que deve e precisa ser feito e nunca fora antes feito e outro talvez não fizesse em tal escala (maravilhosos companheiros se orgulhava de ter), mas voltar ao sertão, para ele, era sempre sentir o coração pequenino, se esconder quase envergonhado entre uma anedota nem sempre nova e uma quadrinha de mictório daquelas que vinha recolhendo em suas viagens com uma irreverência de fauno.

O Susa é uma incursão ocasional, os males são permanentes. O Susa é uma solução eventual, os males voltam. É preciso criar ambulatórios e hospitais, aumentar e melhorar os que já há. O Susa tem conseguido incrementá-los. Faltam médicos em centenas de municípios do interior. As mensagens de ano, de Juscelino, já não davam conta, apenas, das metas suntuárias, começavam a informar que o governo estava implantando médicos em centenas de cidades que os desconheciam.

Mas é tudo pouco.

Acima de tudo – e ele o sabe mais do que ninguém – é preciso alfabetizar o povo também nos domínios da higiene e da prevenção. Difundir conselhos. Criar novos hábitos de cautela e defesa.

Os poetas populares, no realismo e na objetividade da sua literatura, focalizavam na sua rude linguagem, todos esses problemas. Naquela década são inúmeros os folhetos de cordel voltados para as misérias do povo: *Os sofrimentos dos mendigos na Lapa do Bom Jesus* (Minelvino F. da Silva), *Fome, guerra e carestia* (Manuel d'Almeida Filho), *O grande choro em geral* (Firmino Francisco de Paula), *Peleja de Zé do Povo com dona Carestia* (Rodolfo Coelho Cavalcanti), *O horror da carestia e o acolcho dos tubarões* (F. F. de Paula), *O clarim da miséria puchando a marcha da fome* (Severino Cesário).

Nessa década de 1950, assolada por muitas secas...

> (... No estado de São Paulo
> já se calcula um milhão
> de gente desesperada
> que abandonaram o sertão)

... a miséria no Brasil e as misérias do mundo vão desembocar, como sempre, nos folhetos do povo. A Guerra da Coreia, trazida mais pelo rádio que pelos jornais, impressiona os sertanejos como símbolo de um mundo confuso e mau. Em muitas cidades do Nordeste a zona do meretrício tem um nome novo: Coreia.

No *Clarim da miséria* o trovador Severino Cesário resume os "acolchos" do povo, de que falava outro poeta:

> Da forma que o mundo está
> é triste a situação
> a guerra lá na Coreia
> e a seca pelo sertão
> aqui pra o lado do sul
> o pobre está de bucho azul
> chega a fazer compaixão.

Ao pintar, porém, o panorama geral do abandono em que o povo se encontra (manteiga, queijo e doce é na casa do rico, na classe média é "enfeito", na casa do pobre não tem jeito, "na farofa ele se dana..."), Severino Cesário fala de passagem no problema da tuberculose para o pobre:

> Se adoece do pulmão
> e não pode se tratar
> vai ao centro de saúde
> pedir para se internar
> diz o médico ao paciente
> a sala não cabe gente
> vá para casa esperar.
>
> Ele recebe o remédio
> mas lhe falta o alimento
> a família lhe despreza
> começa seu sofrimento

> morre o pobre muribundo
> deixa o micróbio no mundo
> fazendo seu movimento.
>
> Quando adoece a criança
> já conduz uma fraqueza
> o médico obra milagre
> pra fazer sua defesa
> um defeito ereditário
> divido ao pouco salário
> que vem matando a pobreza.

Todo o problema da tuberculose nas classes populares, que era um dos tormentos de Noel, está resumido nesses versos toscos do *Clarim da miséria*: a falta de assistência médica efetiva e regular ("a sala não cabe gente"), a fome endêmica ("ele recebe o remédio/ mas lhe falta o alimento"), o contágio fácil ("morre o pobre muribundo/ deixa o micróbio no mundo/ fazendo seu movimento"), a má herança transmitida aos filhos ("quando adoece a criança/ já conduz uma fraqueza...") cuja causa é fácil de denunciar ("divido ao pouco salário/ que vem matando a pobreza").

Fazendo honrada e bravamente a parte que assumiu na grande batalha, Noel (ou o Susa) esbarra nas limitações do próprio meio, males não de simples solução. Assistência médica permanente, alimentos para o povo ("beba mais leite, beba mais leite"), combate à crise e aos "tubarões em geral", de que falam os trovadores com insistência, tudo isso é muito bom, mas não está nas mãos do Susa assegurá-lo, principalmente no caso da tuberculose em cujo combate Noel se engajou antes mesmo de enfrentar, em bloco, todas as doenças do povo.

O que realmente vai salvar a gente sem-nome, bem mais que os remédios modernos, que já estão curando a curto prazo e dispensam mesmo o caro tratamento confinado, é algo mais simples, porém difícil de alcançar: uma intensa campanha educativa antes do contágio.

Segredo de polichinelo? Sim. Mas como aplicá-lo? Através dos jornais? A imprensa não chega ao povo, ao povão, pelo menos. Através do rádio e da televisão? Claro, ajuda muito. Vamos lá... Mas é preciso não esquecer que os dois veículos precisam de patrocinadores comerciais e as classes pobres ainda carecem de receptores... E principalmente é preciso que essa educação e as suas mensagens sejam feitas em termos do povo, em linguagem para o povo entender.

Noel já fizera uma experiência bem-sucedida em matéria de atrair o povo: empregava seus violeiros e repentistas.

Ele continua pensando. Agora ele precisa, mais do que *atrair*, convencer, persuadir, catequizar, formar hábitos, motivar multidões, naquele tempo, maciçamente analfabetas.

De que jeito? De repente tudo lhe parece muito simples: através da leitura...

Procurando caminhos

Não era questão apenas de olhar, mas de ver...
Noel sabia que qualquer folheto popular escrito por um quase analfabeto tinha sempre venda maior que qualquer pretensa obra literária entre as classes mais cultas (ou mais incultas...).

Sabia que alguns folhetos de Leandro Gomes de Barros, vindos das primeiras décadas do século, tinham reedições, todos os anos, de fazer inveja aos romances mais aceitos de Alencar e Macedo, para não falar, é claro, nas *Memórias póstumas de Brás Cubas* e, muito menos, em *Os sertões*, de Euclides da Cunha. Cada nova tiragem de *Canção de Fogo* ou do *Cachorro dos mortos*, em Juazeiro do Norte, era de 10 mil exemplares, garantia seu editor-proprietário José Bernardo da Silva, que Noel conhecia de perto.

Sabia que, se eram quase analfabetos seus autores, menos alfabetizados, ainda, eram seus leitores. Milhares de folhetos eram vendidos, no calor das feiras, no cantarolar da leitura, a quem não lhes poderia ler sequer uma palavra.

Não ignorava, porém, que o folheto comprado ia ser lido naquele fim de semana por um filho ou neto que já atingira o "mal e má" dos primeiros contatos com o alfabeto e procurava reproduzir o mesmo tom cantarolado que os poetas ou seus camelôs usavam diante dos tabaréus em êxtase, cestas na mão com frutas e verduras compradas ou por vender na mesma feira.

Sabia que muita gente aprendera a ler só pelo prazer espiritual de delibar os seus folhetos e que muitos haviam aprendido a ler nos próprios folhetos para não ficar na dependência de parentes ou vizinhos, sem falar nos que haviam aprendido a ler só para escrever outros folhetos, status na hierarquia sertaneja.

Sabia que o folheto tinha mais ouvintes que leitores.

E que leitura, para o sertanejo, era uma coisa que não ia ao fim da linha, conduzida com ritmo e cadência impecáveis à procura de rimas, coroa do verso. O sertanejo era infenso à leitura de trechos em prosa, a página de linha corrida cansava o leitor, para quem o verso era o instrumento ideal para a transmissão das ideias e a veiculação das próprias notícias importantes. Guerra ou desgraça, no país ou no mundo, que não tivesse confirmação no folheto de cordel não merecia fé.

A verdade para ser aceita tinha que vir em verso, não precisava conduzir o leitor ao fim da linha. A ordem precisava de rima. O temor e o respeito se impunham pelo verso, jeito antigo e sertanejo de ser. No século passado, no Ceará, um poeta, orgulhoso, dizia:

> Embora não saiba ler
> governo todo o sertão.

O segredo dos poetas estava em contar os assuntos do povo ou para o povo no jeito de falar que o povo entende e que é preciso ser povo para bem usar.

Noel, em matéria de Brasil, era antes de tudo nordestino. Conhecia tudo aquilo, sentira a fascinação dos trovadores, parava na periferia das feiras a ouvir a leitura dos folhetos, monótona para os forasteiros, empolgante e picada de imprevistos para a sua plateia cativa. E não ignorava que os políticos, nas campanhas eleitorais, utilizavam largamente os abecês de feira. Dizia-se em Campina Grande que Argimiro Figueiredo, governador do estado, distribuíra 100 mil exemplares de um folheto de Manuel Pereira Sobrinho contando seus feitos, virtudes e promessas.

A leitura de folhetos recentes sobre as misérias da terra e os castigos do céu impressiona-o principalmente pela capacidade espantosa que os poetas incultos demonstravam no pintar um quadro, retratar um tipo ou desenvolver uma ideia em termos de ser entendidos pelos mais humildes.

Foi exatamente essa observação que o levou a procurar na poesia popular um veículo novo e mais permanente para ensinar higiene no sertão, para prevenir o povo contra uma fera que se escondia principalmente no pulmão dos pobres e dizimava preciosas vidas por esse velho mundo de Deus.

Nunca se fizera a experiência, pelo menos na escala em que se pretendia, em todo o mundo.

Dentro da sua lógica, era mais uma razão para fazê-la. Só restava um problema: encontrar o poeta certo para o folheto com destino certo.

A FERA INVISÍVEL

Noel estudara num Recife ainda quente das lembranças de Leandro com sua folhetaria famosa na Rua do Motocolombó. Prolongava-lhe a obra, tendo adquirido os direitos de autor, o acervo e a própria fama um enfermeiro de profissão que logo seria apenas um profissional da poesia, coisa possível entre o povo humilde: João Martins de Ataíde. Segundo o conceito popular, com os direitos de autor comprava-se também o de assinar pelo autor. "Ninguém se admire de minha firma nos livros de Luís da Costa Pinheiro, porque comprei e registrei", declarava candidamente Olegário da Costa Neto na capa de *O grande castelo edificado no mar de Fortaleza*. Nos tempos da pensão da Rua dos Pires 2-3-4, Ataíde estava em pleno fastígio. Era autor não apenas dos seus, mas dos folhetos de Leandro Gomes de Barros.

Quando Noel volta ao Recife anos depois, à procura de autor, e pensa em João Martins de Ataíde, já o poeta fora jogado na reserva, seu cartaz disputado pelos novos. Noel faz um levantamento e acaba optando por um jovem em plena forma e intensa produção, que vivia encastelado numa pequena tipografia perto do Mercado de São José onde, auxiliado pela mulher e pelas cunhadas, fabricava leitura disputada pelo povo. Especializava-se em romances de 16 páginas, pouco amigo dos casos da época, desaparece quando o crime ou a calamidade que explora são substituídos nas manchetes dos jornais. João José é dos grandes assuntos. Acabava de publicar um seriado, todo um romance em 10 folhetos, no qual narrava as aventuras de um gigante e seus filhos, netos e bisnetos, inclusive uma terrível bisneta. Vira-Mundo se chamava o fundador da dinastia de mestres do facão e da foice, da briga de faca e do grito de briga...

Vira-Mundo foi um filho
adotivo dum gigante

que residia na Ásia
num ermo repugnante.
Dos gentios desse tempo
foi o mais extravagante.
Foi um "ente de grandeza",
famoso no mundo inteiro...
que quando morreu deixou
dois filhos na realeza
um herdou sua coroa
o outro a sua destreza...

Um deles é Chico, de sobrenome Vira-Mundo, que, depois de enfrentar mil perigos, passa a vara, ou o facão, a Gonçalinho, também Vira-Mundo.

... que herdou de seu pai Chico
a força, o grito, a coragem...

Gonçalinho enche o terceiro folheto da série. Com meia hora de nascido come não em prato, mas numa bacia de pirão, que é todo um programa de vida. Com seis anos tem a altura de um homem e já deu e bateu em meio mundo. O destino deu-lhe como padrinho "um conde muito malvado", monstro que mantém um verdadeiro zoológico onde abrigava feras terríveis treinadas para a sua defesa. Querendo livrar-se do afilhado, que não lhe parece flor que se cheire, o conde infame envia Gonçalinho em busca de quatro bois, que devem ser abatidos para uma festa gigantesca. Na verdade era apenas uma cilada, que o rapaz descobre em tempo: pretendiam lançá-lo às feras! O rapaz não se abala. Acha até graça... São apenas quatro panteras, dois tigres e um simples leão adoidado. Uma brincadeira para um bravo como Gonçalinho, que enfrentou os animais incríveis...

... e saiu puxando as feras
igual a quem puxa cabra...

É a esse poeta de ingênua e desvairada imaginação que Noel vai procurar. Expõe-lhe o seu problema. Diz qual é o problema da tuberculose no Brasil. Como ela chega, como se insinua, traiçoeira, como devora pouco a pouco as suas vítimas, como se transmite pelo contágio e, de cada vítima, faz vítimas novas. Doença mortal, que tem dizimado multidões. Mas doença que pode ser evitada (e ele mostra como) e, principalmente, doença que já pode ser curada, com os últimos remédios e processos criados pela medicina moderna.

Magrinho, baixo, a voz mansa, os olhos vivos, João José ouve com crescente interesse. Pedia esclarecimentos. Como é que se evita? Que jeito se dá? E quem dá os remédios?

Noel vai explicando. Para ele, o importante é conseguir um folheto que ensine em linguagem de povo entender, no jeito do povo falar. Precisava de uma história "bem versada", que prendesse a atenção pelo assunto e desse conselhos simples ao alcance do estivador no cais do porto, do almocreve nas estradas, do cortador de cana, do seringueiro, do castanheiro, do operário e do artesão e, por que não – do cangaceiro. Tinha que despertar o mesmo interesse alcançado pelas histórias de Vira-Mundo e seus terríveis descendentes, o Chico, o Gonçalinho, o Lasca-Mundo (que quando viu o irmão casado com uma fina princesa logo armou uma sujeira contra o irmão...), o Arrebenta-Mundo, o Corta-Mundo (este mais amigo de presepadas que de crueldade), o Fura-Mundo e outros terrores do sertão.

Não demorou muitos dias e João José submetia a Noel *A fera invisível ou o triste fim de uma trapezista que sofria do pulmão*. Dirigia-se a todo o país:

> Grande povo brasileiro!
> Combate a quem te persegue
> ouve o que eu vou te dizer...

E usando a sua autoridade de poeta, conta o que vai dizer à pátria:

Teu amigo João José
versejador popular
de romances de aventuras
quer a todos se juntar
pra combater uma "fera"
que vive a me maltratar.

Por conseguinte, este livro
não é de contos de fadas
nem também de "cabra brabo"
nem livro de presepadas
nem romance imaginário
de aventuras passadas.

É um livro popular
com assuntos melindrosos
sobre uma fera invisível
de membros muito forçosos
que vive a nos corroer
com seus germes perigosos.

Aí o poeta começa a descrever a terrível fera. Fala no micróbio invisível que se aloja no pulmão:

Ele é comprido e roliço
nunca se mexe, é parado,
só por lentes muito fortes
pode ser observado
e, então, de microscópio
o aparelho é chamado

Vai explicando e aconselhando. Os conselhos são claros:

> O que for tuberculoso
> ainda tendo bom trato
> ninguém use o que ele usa
> não coma nada em seu prato
> nem beba na sua chícara
> e nem queira o seu contato.
>
> Também é bem perigoso
> sentir a respiração
> deve evitar sua fala
> com certa aproximação
> porque o bafo da boca
> traz os germes do pulmão.
>
> Por isto é que não se pode
> ter em ninguém confiança
> por exemplo, um afetado
> dá beijos numa criança
> na mesma hora o micróbio
> faz uma nova mudança
> e também um namorado
> quando beija a namorada
> se ele estiver doente
> essa mocinha, coitada...

E lá se vai a infeliz... Mas logo o poeta sente que é preciso um *case history* para melhor ensinar. E começa a contar a história de uma trapezista de circo (ele era doido por circo...) dos tempos em que andara pela Bahia. Descreve a sua beleza. Mostra a expectativa do público.

... na hora do espetáculo
a moça se apresentou
bonita igualmente a Lua
a multidão delirou
os aplausos foram tanto
que ela se emocionou.

Mas agradeceu sorrindo
e no trapézio subiu
nisso a cabeça rodou
na hora não resistiu
vomitando sangue quente
de onde estava caiu.

Não chegou ao chão, felizmente. Havia a rede. Vieram os fãs. Vieram os médicos. Exame... A infeliz estava tuberculosa e não sabia... Nunca procurara um médico. Apanhara a doença e nunca se cuidara. A doença avançara... A emoção apressara o desfecho. Estava perdida... Mas o caso era mais grave. Um dos horrores da tuberculose é a facilidade com que se transmite. O poeta dramatiza o problema. São examinados os colegas da moça... Abreugrafias, ouvido no peito, "conte 33", e a triste revelação: estavam todos contaminados...

A razão é que viviam
comendo junto com ela
bebendo no mesmo copo
outros dando beijo nela
por isto todos pegaram
a mesma doença dela.

Está claro que se assustaram. Seguiram os conselhos dos médicos – etc., etc., etc., – e apesar da morte da trapezista o folheto teve um final feliz.

Nessa altura, o poeta se torna quase paternal:

> é este meu caro povo
> o meu conselho amigo
> tire a sua chapa logo
> pra se livrar do perigo.

E então o Susa em grande estilo e versos fluentes é apresentado ao povo, convidando toda gente a comparecer em massa onde o Susa aparecesse.

Mais de uma vez declarou Noel que a poesia ingênua de João José fizera muito mais pela campanha contra a tuberculose no meio do povo que todos os seus médicos e alto-falantes.

— Poucos médicos explicariam melhor, em termos de povo, o que é preciso saber sobre a fera invisível...

O resultado prático foi muito grande e um dos comunicados mais aplaudidos no Congresso Pan-Americano de Tuberculose, reunido pouco tempo depois em Salvador, foi justamente sobre aquela inovação na propaganda contra a tuberculose.

Um observador do *World Wide Medical News Service* de tal maneira se interessou pelo assunto que traduziu uma dezena de sextilhas do folheto, incluindo-as numa correspondência especial que foi publicada em revistas médicas no estrangeiro. Um recorte do *Medical Tribune* chegou às mãos de Noel, que fez questão de mostrá-lo a João José.

O poeta olhou comovido aquela espécie de consagração internacional onde era chamado de *troubadour* e *balladeer*. Lá estava em inglês uma parte da história:

> *Great people of Brazil!*
> *Fight those who persecute you.*
> *Listen what I am going to say*
> *and take my advice...*

Fez questão de ouvir todos os versos traduzidos.

– E como é que ficou o nome do romance em inglês?

– *The Invisible Beast or the Sad End of a Trapeze Artist who Suffered in the Lung...*

– Quer repetir? Mais devagar...

Noel obedeceu.

– Língua danada de bonita – disse, feliz, o poeta.

O Parque Nacional do Xingu

Dez anos antes, ou pouco menos, o presidente, charuteando risonho, despedira-os do Palácio com uma promessa gentil: ia estudar o assunto com carinho.

Nenhum deles alimentara ilusões. Aquelas palavras em boca de político – e particularmente num mestre da arte como Getúlio – valiam pôr uma pá de cal sobre qualquer assunto.

De fato, os anos passaram, rios de lama rolaram, a lama e o tempo não deixaram ao solitário do Catete qualquer lazer para pensar, com ou sem carinho, nos problemas dos caingangues, xavantes, txicões, kalapalos, oatis ou txucarramãe...

Getúlio passou, os sonhadores teimavam: Villas-Bôas, Darcy Ribeiro, Heloisa Alberto Torres, Gama Malcher, Noel, alguns mais. Havia que esperar. O Parque Nacional do Xingu era até projeto que dormia nas gavetas da Câmara, porque não interessava nem ao Executivo nem às classes dominantes.

Sucedem-se vários governos menores. Vem Juscelino. Esse com certeza seria capaz de compreendê-los. Mas JK vinha com uma carga imensa de planos e metas, e o seu governo era uma dupla mão de obra: realizar os seus planos e conseguir que acreditassem tanto nele quanto neles (os planos e as metas).

Quando pareceu que os ventos amainavam, que o barco marchava, que o país começava a acreditar e quando eles próprios começaram a acreditar (ele seria capaz de compreender os índios, aceitara com entusiasmo a criação do Susa), juntaram-se a todos, afinal, procurando o presidente.

Era tarde demais, porém. Juscelino avançara demais em todas as pistas, fora hostilizado demais em todas elas, conseguira se firmar e afirmar, estava realmente vencendo, mas se desgastara. Não se sentia mais com forças, tal o caldeirão político, para enfrentar novas pistas e se lançar em novas frentes. E foi franco. Se lançasse qualquer novidade seria com risco de derrota, pretexto para irritar os excitadinhos da Câmara e do Senado. Feliz seria se conseguisse levar a bom termo e inaugurar a toque de caixa e a qualquer preço Brasília e a Belém-Brasília, que eram a chave e o selo de todas aquelas doideiras de despertar gigante adormecido.

– Esperem o novo presidente. A ideia está madura. Mas tratem de agir! Logo-logo...

Veio Brasília, veio o resto, Jânio Quadros chegou. Dessa vez ninguém perdeu tempo. Um bom pressentimento os guiava. Ele também vinha cheio de planos. Estava até lançando um uniforme padrão para os funcionários se distraírem enquanto ele saneava as finanças do país. Era homem de aceitar ideias novas, ainda que antigas...

A verdade é que, para espanto de seus mesmos idealizadores (era um tempo de espantos...), o impossível de antes se torna facílimo.

O fruto estava maduro...

Jânio Quadros assinou o decreto que criava o Parque Nacional do Xingu, primeira grande conquista do índio em nossa História, última esperança de preservação do índio brasileiro e de sua cultura.

Depois de quatro séculos de predação e de crimes por parte dos civilizados, reduzidos a uma população total, em termos de país inteiro, que não daria para encher o estádio do Maracanã, como afirmou Antônio Callado em famosa entrevista concedida a *O Pasquim*, o índio brasileiro, os despojos de suas muitas nações (havia nações indígenas com língua própria e 15 ou 20 sobreviventes) iam ter agora território próprio, terra própria, chão deles, espaço exclusivo, demarcado, legalizado e sagrado: 22 mil quilômetros quadrados no esplendor da floresta amazônica, com árvores suas, animais seus, seus insetos nativos, suas doenças.

O Serviço de Proteção aos Índios

1961, ano do Parque Nacional do Xingu, foi ano mau para o Serviço de Unidades Aéreas de Saúde. Confusão política, ventos de insânia, geral desnorteio. Dificuldades surgem, de toda sorte. Enfrentar o sertão, para Noel, é ver com revolta a derrubada criminosa das matas, a devastação pelas queimadas, a impunidade ostensiva dos grileiros. São problemas que lhe doem na carne, contra os quais protesta no vozeirão dos profetas antigos. A fome é uma constante cada vez mais clamorosa nas áreas de seu aéreo pipocar, mais dolorosa ainda nas áreas indígenas. Em certos casos, de uma ironia atroz. A fome, antiga e crônica entre os terenas, tornara-se aguda. "Por esta confessamos um certo remorso", dizia ele num relatório. "Pelo menos no que toca aos tuberculosos. Viviam eles graças à doença (para alguma coisa haveria enfim de servir a tuberculose, que tira o apetite do doente), 'equilibrados', ou melhor, sem sofrer a sensação de fome. Chegamos nós e com a nossa real eficiência medicamentosa despertamos a fera que a doença generosamente fazia dormir." Motivo para um Gorki, um Chaplin, um Shaw, comenta com amargura.

Da precariedade do pouco-muito que realiza, visto pela sua autocrítica humana e bem-humorada, procura se consolar esvurmando e vituperando os apenas crimes alheios. Não perde a oportunidade de combater a avalancha predatória dos bandeirolantes, a um tempo bandoleiros e bandeirantes, pavor eterno dos índios.

Passa o ano inteiro a protestar pela imprensa e pelas vias oficiais. Convidado cativo dos congressos médicos especializados, desdobra-se em viagens, levando suas experiências de tisiologista e sanitarista do mato para universidades e simpósios. A obra do Susa (disso ele tem consciência) é um exemplo quase único no mundo. Incompleta, mas altamente positiva. Esse apelo positivo ele faz questão de apresentar, com orgulho o faz. Lá fora não há praticamente denúncia. Oxalá o modelo do Susa (que até um aparelho especial de radiografia conseguiu criar para o seu trabalho de hospital aéreo), oxalá ele venha beneficiar outras áreas onde também se morre de fome para deixar um pouco menos constrangido o auriverde pendão da nossa terra. Noel regressa, porém, e assesta de novo as baterias, que é a sua maneira de ser brasileiro, de ser e servir...

Assim, passam os anos de 1961, 1962, 1963. Indo, vindo, voando. Moscou em 1962, Juazeiro do padre Cícero em 1961, 1962, 1963. Para voltar sempre, sempre se multiplicando e exigindo que se multipliquem as suas equipes.

Nesse ir e vir recebe uma quase intimação de Oswaldo Lima Junior, ministro da Agricultura. Estamos nos dias agitados de João Goulart. Noel é do Ministério da Saúde, mas comparece. O coronel Moacir Ribeiro Coelho, diretor do Serviço de Proteção aos Índios (SPI), vai deixar o posto. No consenso do governo e do povo só existe um homem para ocupar com eficiência, conhecimento e a indispensável paixão a chefia do serviço criado por Nilo Peçanha sob o impacto dos relatórios do ainda jovem tenente Cândido Mariano Rondon nos idos de 1910.

– Aceita?

Noel não pensa duas vezes.

Mas existe um porém...

Ele tem de dar um pulinho a Roma, já havia recebido a passagem, ia participar de um Congresso Internacional de Tuberculose.

– Na volta eu tomo posse. Pode ser?

– Mas volte logo!

Voltaria.

Os bandeirolantes

Um mês depois, no gabinete do ministro da Agricultura (já Brasília acontecera, o Rio era apenas a Cidade Maravilhosa, embora estivesse para perder esse título também), toma posse Noel Nutels. Outros ministros, a imprensa, gente amiga, otimismo geral.

Noel é a esperança de um órgão vital para o país e seus índios, mas tantas vezes desvirtuado nas suas funções, minado pelo burocratismo, pela incompetência ou pela simples corrupção.

Vinte anos de convívio com o silvícola, desde um carreirão que lhe haviam dado os xavantes no primeiro contato, Noel está no seu elemento. É o "irmão dos índios" de Fernando Sabino. É o "índio cor-de-rosa" de Otávio Malta, velho amigo. Conversou muito pajé. Levou no papo muito feiticeiro malandro, era chapa de maiorais da borduna, de pequenos pescadores do Araguaia e destros frecheiros do Xingu. Viu muito índio nascer, viu muito índio morrer. Conhece e admira os que se afundam teimosamente na mata, batoque nos lábios. Conhece e lamenta os já marginalizados nas periferias do sertão, pedindo esmola a caboclo, dois dedos de pinga nos botecos. E sabe como ninguém o que é pacificar, civilizar, integrar. Tem, acima de tudo, um profundo e humano respeito pela sua cultura e pelos seus direitos de sobrevivência, até que possam livremente optar, sem pressão armada, econômica ou psicológica. Sua condição de judeu minoritário no tempo e no mundo o ajuda a confraternizar com o índio. Era, portanto, como judeu também que ele assinava pilheriando, para disfarçar a emoção, o ato de posse, no cargo de diretor do SPI.

Estava chegando de Roma. Participando das discussões em plenário, vivendo com avidez as horas vagas, ele viera gizando mentalmente, o tempo todo, seu plano de ação. O PNX já era uma realidade, um passo à frente.

Outras reservas no país vinham, desde muito, lutando, quanto possível, pela sobrevivência. O Susa já era constante nos ajuntamentos tribais, nas precárias nações se extinguindo, nos índios amolecidos da *changa*[3] e da pinga.

Item nº 1: preservar-lhes as terras sempre ameaçadas pela avidez e crueldade dos bandeirolantes. Coisa, afinal, de aparente simplicidade: aplicação da lei...

Item nº 2: preservar-lhes, com respeitoso amor, o patrimônio cultural, defendendo-os de todos os integracionistas. Questão de simples raciocínio: integrá-los em que fome, para que e por quê?

Item nº 3, ou nº 2 ou nº 1: preservar-lhes a sobrevivência física e racial, protegendo-os das doenças dos brancos e da miséria das próprias doenças, através de uma assistência sanitária nunca antes possível. A medicina dos pajés e feiticeiros andava muito por baixo. E como o Susa não podia cobrar nem eles poderiam pagar, estava liberta de seus inconvenientes maiores a medicina dos brancos.

Respeitar, preservar, esperar... Diante dos índios, a civilização em que o próprio Noel, embora recalcitrante, está envolvido, precisava, antes de tudo, de uma honesta autocrítica.

É assim que, cheio de planos, começava novamente a viajar. Diretor, para ele, não é cargo decorativo nem de gabinete. Mesmo porque, segundo o acordo inicial em que entravam o ministro da Agricultura (SPI) e o ministro da Saúde (Susa), Noel assumira a direção do SPI sem abrir mão do Susa. Principalmente porque as duas entidades tinham muito em comum...

Mas logo Noel sente que, se viajar é preciso, trabalhar nem sempre é fácil. O Susa está funcionando. E bem. O SPI quase tão bem. Os dois se completam, identificam-se em muito. Ele é que mal pode trabalhar com um ou com outro. Porque segundos e terceiros interesses passam a se atravessar

---

3 Variante fumável da *ayahuasca*, bebida alucinógena usada ritualmente por tribos indígenas, além de outros milhares de adeptos no Brasil e no exterior, integrantes de doutrinas religiosas como o Santo-Daime. (N. E.)

em seu caminho. Gente doente? Dá remédio... Gente com fome? Dá comida... Tudo bem. Até aí, tudo bem... Era do programa. Homens poderosos, porém, não parecem tão empenhados em que se dê remédio ou comida, pelo menos aos índios. E muito menos terra, principalmente aos índios. Grileiros e aventureiros, nativos ou não, estão tomando terra, soltando doentes de moléstias injuriosas na terra dos índios, fazendo os índios morrerem para que a terra fique vaga e possa por eles ser legalmente ocupada. Bandeirolantes audaciosos vão mais longe. Mandam matar logo... Há índios assassinados tranquilamente por precursores do esquadrão da morte. O próprio SPI está minado. Claro que tem muita gente honesta, do melhor pano. Mas lá dentro há gente peitada, subornada, acumpliciada com interesses inconfessáveis.

É a hora do PQP (o tempo é das siglas...).

Noel é homem de amor, mas não de paz. Ou não consegue ser...

Entra logo em choque. Briga. Fiscaliza. Controla. Esbraveja. Pequepeia. A existência do SPI constrange, de qualquer maneira, os bandeirolantes a comparecer. Rondon já sabia disso. O gabinete de Noel, quando ele chega das viagens-relâmpago, está cheio de predadores de terra pleiteando concessões, acusando índios, inventando histórias, procurando aprovação, comprando, sempre que possível, apoio ou cumplicidade oficial.

Um dia ele explode. Um grupo de homens fortes do Maranhão, acobertados pelo dinheiro e por isso mesmo bem apadrinhados, o procura. Entram-lhe pelo gabinete, com um abaixo-assinado de pecuaristas e grileiros da região denunciando índios, descrevendo *razzias*, reclamando providências inconfessáveis do governo.

Noel lê pacientemente o papel, encara os homens:

– Os senhores estão numa repartição. Sabem qual?

– No SPI, claro.

– No gabinete de quem?

– Ué! Do diretor!

– Sabem quem é o diretor?

– Vossa Excelência...

– Esqueçam o Vossa Excelência, mas não se esqueçam de uma coisa: neste gabinete só se aceita abaixo-assinado de índio...

Mas não vai lutar por muito tempo. 1964 é um ano ainda mais difícil que o de 1961. Vem o golpe de abril. Jango é deposto. A revolução está vitoriosa. Noel tem notícia dos acontecimentos dias depois (estava no Parque Nacional do Xingu, chamado pelos Villas-Bôas: uma epidemia aparecera...). Logo a seguir vem a confirmação, com mais detalhes. Noel regressa a Brasília e, logo a seguir, se exonera, permanecendo no cargo apenas o suficiente para uma rigorosa prestação de contas.

Não ficara seis meses na direção do SPI, para o qual só via uma saída: fechar as portas.

Indo, vindo, voando...

Má experiência foi, dirá mais tarde. "Fiquei apenas seis meses no posto, mas não pude fazer nada. E se tivesse ficado 10 anos, também não teria podido fazer nada..." A própria estrutura do SPI impediria qualquer trabalho mais sério.

A declaração é de 1968. Ele poderia ter acrescentado – e nada mais eloquente! – um detalhe revelado por Yvonne Jean no *Correio Brasiliense*, um mês após o seu investimento no cargo: o orçamento do SPI para 1963 constava de 250 milhões de cruzeiros para pagamento do pessoal e 78 milhões para assistência aos índios. A jornalista debulhava um pouco a notícia: "250 milhões para 700 funcionários e 78 milhões para cuidar de 120 mil índios". E ainda haveria um corte nesta última parte...

Os irmãos da selva que resistiam à integração mal podiam imaginar quão terrivelmente certos estavam na sua atitude...

Em realidade o próprio SPI já não tinha condições de sobrevivência. Três ou quatro anos mais tarde, no rebentar de um novo escândalo, cai de maduro, fechado, para inquérito e balanço, dando lugar à Fundação Nacional do Índio (Funai), à qual Noel estará sempre ligado, sangue novo no mercado. Ou no mato...

O curioso é que os melancólicos seis meses de Noel à frente do SPI moribundo ganham foros de destaque no seu *curriculum vitae*.

Com mais de dois decênios de batente no sertão, com a obra monumental que o Susa vinha realizando, não há referência de jornal ou revista a Noel, daí por diante, que não lhe dê como título prioritário o de ex-diretor do Serviço de Proteção aos Índios.

Isso não impedia, porém, que a obra de Noel real e grande continuasse. A revolução o alcançara não no bem-bom de um gabinete, mas em pleno

Xingu, ouvindo índio, auscultando índio, rindo com índio, dando tapa em barriga de índio, procurando descobrir que doença nova estava querendo matar índio. A revolução não lhe faz mossa. O problema dele é pessoal, é com o índio. E é todo social, é com a fome. De índio ou não. Fome velha, fome nova, fome simples, fome com tuberculose, fome de tuberculose curada.

Enquanto o deixarem trabalhar, tudo bem. É isso o que importa. Indo, vindo, voando. Como sempre. Às vezes, de barco fluvial. Ainda, em alguns casos, em lombo de burro. Tem sertão sobrando? É dele. Tem gente doente ou com fome? Se não acharem que é comunismo e o deixarem passar, vai até lá. Vai para ver, vai com ida e volta. Tem que dar assistência, buscar mais recursos. Tem que agitar o problema. Tem que discutir, reclamar, conclamar. Há que fazer conferências. Há oportunidade em universidades, hospitais, museus, no país e no estrangeiro. Seja tudo pelo amor dos índios! Querem ouvi-lo no Museu do Homem em Paris. Na Unesco, igualmente na França. Na Universidade de Lomonosof ou no Instituto de Etnologia, em Moscou. Em Manaus, em Londrina, em Botafogo? Lá vai ele. Em São Paulo? Claro. Em Belém, por que não? Sendo em função da fome ou doença dos seus ou da sua experiência com os seus aplicada à doença ou fome dos outros, não tem um minuto sequer pra saber se dá tempo ou não. Vai. Em Washington? Por que não? Lá está num Congresso, em 1968.

Percorrer os jornais ao longo da década de 1960 é encontrar a cada passo as pegadas do gigante bom. Bigodão caído, olhos esbugalhados, cabelo em rabo de cavalo, vestido de sardas onde a roupa acaba, quase sempre de zuarte e sandália, lá vem ele a rir, num trovejar de palavrões.

– É que nem Nosso Senhor, está em todas... – comenta ingenuamente um sertanejo.

Aliás, em Noel, o palavrão era apenas funcional. Existe para esconder fraquezas que não quer revelar. É ponto de apoio. Medo de parecer importante... Pudor de ser tido como herói. No fim, até como santo. E antes que o comovessem com o sofrimento sem conserto ou com a gratidão de uma esperança nascendo, explodia num pequepê de derrubar estátuas e quebrar solenidades. Antes que lhe provocassem lágrimas nos olhos desarma-os com uma gargalhada ou uma anedota irreverente.

Poucos saberiam, porém, revidar de maneira mais definitiva do que ele, quando atacado ou quando feridos os seus pontos de vista ou seus objetos de amor. Quase sempre esmagava pelo inesperado e pelo senso de humor.

Numa das muitas palestras que fazia nos seus intervalos de cidade, para catequese dos brancos, procurando implantar um retrato mais verdadeiro e mais humano de seus índios, Noel foi interrompido por uma senhora singularmente bem:

— Afinal de contas, doutor, uma coisa ainda não ficou esclarecida: os índios comem ou não comem gente?

Ele olhou-a, sério:

— Mas não por via oral, minha senhora!

Voando com um motor só

Há muito que o judeu errante, não tão errado quanto o velho Salomão, mas seguramente muito mais errante, vem sofrendo as consequências de seu desapoderado vagamundear pelo mato.

Sem jamais se precaver (bom de conselho, péssimo de exemplo) enfrentou todos os mosquitos, pragas, águas, climas, doenças e desconfortos do sertão.

Mal começara a carreira, na batalha inicial contra os anofelinos da Baixada Fluminense, esquecido do decreto que ele próprio sugerira como solução para os funcionários faltosos ("é proibido ficar doente...") contrai a malária. Recebe-a com o seu invencível bom humor. Vai ter campo excelente para estudar as insídias da moléstia.

A malária, série infindável de batalhas isoladamente ganhas, mas de reprise certa nos momentos mais inoportunos, vai acompanhá-lo para o resto da vida.

Se o sarampo do catolicismo inoculado pelos padres de Garanhuns tivesse durado um pouco mais e ele houvesse posto os olhos na Vulgata, com certeza teria encontrado consolo na vida do apóstolo Paulo em situação semelhante. *Datus est mihi stimulus carnis meae...* A malária seria o seu espinho na carne, mensageiro de Satanás para que o orgulho de médico não lhe enchesse o coração. Vinha, aliás, sofisticada: com luxos de psicossomática. Em Moscou, em 1962, onde vai participar de um congresso, seus olhos, de repente, procuram, desvairados, por Elisa. Felizmente estava ao seu lado, a fiel companheira. Ela fazia sempre o que ele raramente havia feito: estava prevenida. Noel acabava de deixar o avião, está apresentando os papéis, quando lhe diz baixinho:

— Você trouxe?

Trouxera.

– Hoje ninguém vai a coisa nenhuma. Nem recepção, nem coquetel, nem nada. Hotel. Cama. Telefone desligado. Se os caras descobrirem que a filha da mãe me atacou, babau... Me prendem no hospital, vão me estudar, estou perdido...

Mas Elisa trouxera.

– Disfarça, Noel...

Tudo está sob controle, felizmente. No dia seguinte, o acesso debelado, Noel é homem novo. Vai comover-se o dia inteiro, o mole coração vencido ao som da velha língua há tantos anos desligada do seu dia a dia.

A malária, porém, é apenas uma doença na mochila. O tempo veio acumulando males. O convívio com o mato, as misérias, os contágios, o desprezo pelos riscos, o sentido de responsabilidade humana, as longas canseiras, o castigo do corpo vão quebrando a sua carne. De tal maneira se habituou a gente se acabando e morrendo que tudo para ele, inclusive a simples sobrevivência, é surpresa agradável ou ponto de partida para a pilhéria aparente. Mais do que isso: pretexto para, na pilhéria, ir dizendo as verdades.

Ao completar 50 anos, em 1963, seus amigos o chamam ao Rio, uma grande homenagem preparada. Vem.

É oportunidade para rever meio mundo.

– Cinquentão... Estou feliz. Claro que estou. Afinal de contas, não estou muito acostumado com gente que chega aos 50. No Brasil já estou muito acima da média. Em matéria de índio, então, nem se fala. Aos 25 anos eles vão se acabando.

E fala mais dos 25 anos adicionais que os seus índios não vivem que dos últimos 25 anos vividos por ele a favor deles.

Vive mais alguns anos.

O corpo vem sendo minado, mas ninguém se dá conta. E quando ele se deixa trair, é com o ar brincalhão dos tempos da orquestra de mão e beiço e das presepadas do Recife: na base do humor. Os mesmos jornais, quando falam dele, têm um ar mais leve. Um deles, reproduzindo suas próprias palavras, conta certa vez, ao falar na sua bravura e resistência, que todas as suas viagens incríveis eram feitas com um motor só: tinha apenas um rim, coisa que vinha desde o ano de 1954...

Para o mundo exterior, porém, ele é apenas um homem divertido e inquebrantável, duro na queda, que continua na brecha como se fosse vinte anos mais moço. Em janeiro de 1970, por exemplo, está chegando a Londrina. Vai fazer uma conferência na associação médica local. Não vem de Brasília ou do Rio. Acaba de passar algumas semanas em visita às dez reservas indígenas do norte do estado, fazendo o levantamento da tuberculose. Havia quatro ou cinco mil índios no Paraná, 250 só no município de Londrina. Seis meses antes ele descia em Curitiba, "um ar juvenil a brincar nos seus olhos", diz o repórter. Entrevista? "Já disse tudo o que tinha a dizer"... Mas não resiste:

– Estou vindo de Palma, onde concluímos um curso para executores do tratamento da tuberculose junto à comunidade indígena, por um convênio formado entre a Secretaria de Saúde Pública, a Fundação Nacional do Índio e o Serviço Nacional de Tuberculose. Este novo trabalho está sendo feito aqui no Paraná, mas atingiremos também um posto indígena perto de Xanxerê, em Santa Catarina...

O repórter só não assinalara que o curso tivera uma duração de 25 dias no mais alegre desconforto e conseguira preparar 17 índios vindos de várias localidades para, no retorno, fiscalizarem e zelarem pela aplicação das receitas junto aos "casos positivos". A experiência do Susa havia mostrado muito cedo que era preciso implantar uma assistência, mesmo precária, como prolongamento da sua obra.

Em 1971 está brigando novamente: abre uma frente de combate contra a BR-80, projeto de estrada que pretendia cortar e contaminar o Parque Nacional do Xingu. Logo a seguir, já se encontra em Manaus. Há tuberculose entre os andirás e índio, para ele, não é peça de museu nem curiosidade etnológica: tem que ser tratado. Para os andirás se dirige. Continua exuberante. Mas parece que o motor restante está batendo pino. Ninguém nota, ou muito poucos, mas ele sabe. O sertão deixou marcas profundas na sua vida.

Sertão para ele – diz em nova entrevista, pouco depois, já no Rio – são 40 malárias, a perda de um rim, dormir em rede, em esteira, em barco, fazer caminhadas a pé, às vezes, entrando na água, a rede nas costas. Noel nunca fora de falar nessas coisas. Fala agora, numa incontida melancolia. Não é queixa...

– Eu adoraria recomeçar tudo novamente.

E, coisa que nunca antes ninguém ouvira dizer, o alegre contador de anedotas acrescenta:

– E pena que já esteja velho, cansado, doente.

Pouco depois um jornal noticia na sua coluna social: "E quem está seguindo hoje para os Estados Unidos é Noel Nutels, uma das maiores autoridades em indianismo na praça. Noel Nutels vai lá apenas para fazer um *check-up*."

Termina com uma piada sem grandes requintes:

– Se der pé, bate um papo com um dos bisnetos de Buffalo Bill.

Não tinha muita graça, mas, ainda que tivesse, já ninguém tinha jeito de rir...

Principalmente alguns que já sabiam certas coisas.

Do consultório estão chamando...

Na verdade, ninguém poderia dizer desde quando. Mas na viagem aos Estados Unidos no ano de 1968, Elisa começou a estranhar atitudes, gestos ou cerrar de sobrancelhas que provocaram perguntas logo neutralizadas pela aparente despreocupação de Noel.

Os pequenos casos do cotidiano, porém, continuavam despertando suspeitas e tempos depois ela surpreende, num bate-papo entre amigos, uma referência de Noel a sintomas que ela já conhecera como precursores da operação do rim em 1954. Alarme. Queixas. Pedido. Promessa. Adiamento.

Afinal, uma visita a um grande mestre na especialidade, dublê de grande amigo, Henrique M. Rupp.

Em resumo: exames, análises, sustos. Operação a 1º de julho de 1969. E exigência do cirurgião e promessa de Noel: volta regular ao consultório, exames periódicos, tratamento posterior. Semanas depois, porém (ele deixara a Clínica Sorocaba no dia 7), Noel está dirigindo o já sabido cursinho de 25 dias em Palma, Paraná, prolonga-se em visitas a outros aldeamentos, faz aquela conferência em Londrina em começos de 1970. E claro que existe o Susa (agora UAE – Unidades de Atendimento Especial) e o Brasil não mudou muito: seus nus e seminus, não de praia, precisam de alguém que não se vista à custa deles e esteja disposto a fazer por eles qualquer sacrifício. Vem o ano inteiro de 1970. Vem o ano inteiro de 1971. Cada vez que passa pelo Rio é aquele clamor em casa, já conhecido nas cartas:

– Doutor Rupp tem telefonado...

– Do consultório do dr. Rupp querem que você telefone.

– Doutor Rupp está esperando você. Passar lá sem falta...

A resposta era sempre evasiva:

– Deixa pra lá...

— Desta vez não dá pé.

— Da próxima vez eu vejo aqueles chatos.

— O que que há? Semana que vem preciso estar em Manaus...

Debalde Elisa clamava. Visitara mais de uma vez o especialista, que a tranquilizara, mas a insistência do médico e amigo falava por si mesma. E novamente apertava o marido.

— Eu já disse um milhão de vezes! Não tenho coisa nenhuma! Coisa nenhuma, entendeu?

"Coisa nenhuma" é tradução literária. Noel aliviava a carga emocional soltando os cachorros. E sabendo qual a antiga suspeita que atormentava a companheira, explodia:

— Eu não te mostrei a biópsia? Acusava alguma coisa? Será que mulher de médico não sabe o que seja a porcaria de uma biópsia?

Aproveitava rapidamente a deixa:

— Olha, minha filha: tem muito cara morrendo por esse Brasil afora muito antes de precisar da merda de uma biópsia, tá me entendendo? Meu compromisso é com essa gente, não é com o Rupp...

— Mas ele está insistindo. É seu amigo, ele sabe o que faz...

— Ora! Manda essa turma toda se catar!

Continua viajando. Novas conferências, aulas, entrevistas. Os andirás, os cainguangues, os terenas, os nordestinos, os goianos, Bom Jesus da Lapa, Manaus, os caiapós, a Ilha do Bananal, o Parque Nacional do Xingu, tudo parece ter muito mais importância na sua vida. E tem mesmo...

Mas insistiram tanto em casa nesses dois anos e meio de muitas andanças, telefonaram tanto do consultório para saber se ele estava na cidade ou para quando era esperado que afinal, em fins de dezembro de 1971, Noel procura o dr. Rupp.

Retorno do tempo perdido

Foi horrível, surpresa não foi. Elisa já sabia desde muito, embora não o dissesse a ninguém. E, mais do que ninguém, Noel sabia. Casa sem paz, a de Noel, havia dois anos. Sua chegada trazia bom humor, já não mais alegria. Por mais que o negasse o médico e por mais despreocupado que o paciente se exibisse diante da mulher e dos apelos do amigo, nada podia arrancar do coração de Elisa aquela certeza. Conhecia bem o marido para saber que em certos terrenos era inútil tentar. Ele decidia e bastava. Neste caso, desde o início, resolvera poupá-la. Não deveria saber a não ser quando já não houvesse outro jeito.

Por isso despistou, negou, brincalhou, brigou, contornou, fugiu.

Fatalista, sentindo não haver salvação, possivelmente, ele, o nunca batido, ou pelo menos o nunca abatido, aceita os fatos. Deve sorrir lá consigo da ociosa batalha travada pelos outros. Mas não se entrega. Não altera seu estilo de vida. Apenas começa a viajar ainda mais, talvez pelo medo de se trair, junto à esposa.

A verdade, porém, é que ele se deixava trair mais do que pensava, sob o olhar vigilante de Elisa. São frequentes agora suas incursões pelos descaminhos do mundo perdido. Quando se encontra no Rio, na sua poltrona, alimentando o cachimbo ou acariciando o copo de uísque, saltam-lhe inúmeras vezes, na conversa, lembranças de Ananiev, dos sustos da primeira peregrinação pela Europa e principalmente das alegrias da infância tão tarde chegada, mas gloriosa, em Laje do Canhoto. Personagens de há muito esquecidas ressurgem como fantasmas familiares. Lá estava o Duda Peixinho, tesoura e pente na mão, a voz aflautada e os gestos adamados, tão chocantes na dura convivência do sertão... Lá vinha Mané Beira d'Água, testa lisa e larga como as praias poucas do Rio Canhoto, que iria devorar a cidade numa enchente. A palmatória de dona Eugênia vibrava no espaço, pavor da humilde escolinha de porta e janela na Rua das Cordas. Lá estavam os alunos chegando, cada qual com sua lata de querosene ou seu tamborete, querendo receber sentados as alegrias do alfabeto. E com que ternura inesperada falava em seu nome! E no padre Antero Pequeno, em Garanhuns... E nos Suassuna, no Rubem Braga, no Fernando Lobo, no Capiba e nos outros companheiros do Recife ou nas histórias do major Salomão e de dona Bertha com pensão de estudantes no 234 da Rua dos Pires. Ou no velho Ascenso Ferreira, com poemas sempre ao alcance da mão...

> vou danado pra Catende
> com vontade de chegar...

Uma tarde, meio ofegante como o trem cuja marcha cansada recordava, ele se volta, sem nenhum motivo aparente, para Elisa:

— Vila Rosali, entendeu?

Ela entende até demais e explode:

— Não entendi coisa nenhuma! O que é que tem a ver Catende com Vila Rosali? Quer me dizer?

Ele parece não ouvir. Continua monotoneando baixinho, a voz meio rouca:

> Vou danado pra Catende,
> vou danado pra Catende,
> vou danado pra Catende
> com vontade de chegar...

Cala-se de novo. Fixa a mulher, agora sério:

— E quero o enterro de acordo com o figurino. Dentro do mais rigoroso ritual...

— Ué! Tá pensando em morrer? Dessa eu não sabia... Olha! Não morre logo. Dá uma folga... Me dá tempo pra avisar os amigos...

– Tem pressa não... Algum dia tem de ser... Mas eu faço questão de ser enterrado como judeu, tá? – diz ele batendo o cachimbo.

– Vai me dizer que você virou sinagoga depois de velho... – diz Elisa ainda, tentando aliviar a tensão.

Ele não responde. Continua naquela cadência de trem fatigado:

>Vou danado pra Catende,
>vou danado pra Catende,
>vou danado pra Catende...

Os resultados dos exames do dr. Rupp na Clínica Sorocaba, a 21 de dezembro, desta vez não seriam sonegados a Elisa. Que os poderia dispensar, entretanto. O diálogo inesperado, dois ou três dias antes, falava com mais eloquência que todas as observações dos últimos dois anos.

O INESPERADO PASSAGEIRO

Tinha sido longa, ingênua, dolorosa, uma quase comédia. Noel a evitar que Elisa soubesse, Elisa a evitar que ele soubesse que ela já sabia.

Agora todos sabiam. Operação por fazer, já sem esperança, quase três anos perdidos, a doença marchando. Os muitos amigos, médicos ou não, cada um com uma ideia salvadora. Somam-se as ideias, tira-se a média: Houston, no Texas, onde ficava um dos maiores hospitais do mundo na luta contra o câncer. Organiza-se a viagem, todas as providências tomadas e, munido de um histórico minucioso traçado por Henrique M. Rupp, em princípios de fevereiro de 1972 Noel embarca. É o *check-up* de que falava o cronista social.

Ingressa no hospital a 7 de fevereiro. Passa por todos os exames já feitos no Rio, questão de rotina. Todos os resultados coincidem. Os diagnósticos se confirmam. Deve ser feita a operação já prevista, realizando-se em seguida a cobaltoterapia também já ordenada no Rio.

Agora ele não precisa mais despistar.

— Vir de tão longe para apenas confirmarem tudo o que o Rupp já disse — comenta, pela primeira vez sem esconder o pessimismo.

E já está marcada a operação, quando Noel decide:

— Morrer por morrer, vou morrer no Brasil.

Consegue rir para Elisa:

— Lá pelo menos tem palmeiras onde canta o sabiá...

Estava num dos hospitais mais perfeitos e requintados do mundo. Está recebendo cuidados que só um milionário receberia. Jamais no Brasil encontraria ou teria coisa igual. Mas estava na maior depressão. De que lhe servia tudo aquilo se ali, ainda que se operasse o milagre do século no seu corpo, nunca teria sido curado um certo Noel Nutels, o Noel de seu gosto, o Noel que todos amavam, o dos índios, o das quadrinhas de banheiro, o antigo moleque de Laje do Canhoto que o rio levara, mas apenas um número, um número de muitos algarismos numa papeleta de hospital?

– Pede a conta, paga, vamos embora.

Já estão em Miami.

Vão tomar o avião de volta ao Rio. Aeroporto agitado. Crianças que regressam da Disneylândia estão dando alteração. Todos falam muito alto. Algumas já estão até falando inglês.

– *Yes, very well*, Mickey Mouse, Coca-cola!

Ainda não é bem aquele o Brasil que ele deseja.

Mas os alto-falantes estão convocando os passageiros do voo tal e tal.

Todos se encaminham para a nave. Lugares sendo escolhidos. Instalação dos passageiros (há um que parece não encontrar lugar de seu gosto). Apertar os cintos. Não fumar. Como fazer em caso de imprevisto. Os motores roncam. O avião começa a deslizar. Nisso, para bruscamente. Sente-se que há um diálogo de surpresa entre o comandante e as autoridades em terra, um vago constrangimento na tripulação. Ah! Parece que o avião vai sair... Não, ainda não. Para de novo. Recomeça o diálogo. Há um desentendimento qualquer. Defeito no motor? Tempo inimigo no céu? Ninguém sabe. Parece que há gente em terra, junto, olhando o avião, como à espera de que baixe alguém.

Dez, quinze minutos, vinte... Passageiros alarmados ante o desconforto da tripulação. Por fim, tudo parece esclarecido. Levado por um tripulante, um cidadão com jeito envergonhado está se encaminhando para a porta, vai deixar o aparelho. Tinha, aliás, sido notado por alguns, em pé, meio escondido num canto.

Fofoca, palpites, murmúrios.

– Parece que era um clandestino – diz Elisa.

Noel sorri.

– Não. Clandestino seria em qualquer outro. Em avião brasileiro é carona mesmo. E dos bons...

Com um grande alívio, abre-se numa gargalhada que lembra melhores tempos:

– É a tal história: eu não troco a nossa bagunça por dinheiro nenhum deste mundo... Nem por qualquer milagre da medicina moderna...

Mas os garotos da Disneylândia já ocuparam totalmente o avião e ninguém mais pode com eles:

– *Come here! Go ahead! Cheese cake! Hot dog! Let us go!*

Nas suas andanças pelo mato, o que mais revoltara Noel, antigo campeão das culturas indígenas, fora o ter encontrado algumas vezes índios que ainda não falavam português e já semifalavam na língua tão ruidosamente chicleteada por aqueles garotos.

FIM DE VIAGEM

Rio. Doutor Rupp. Clínica Sorocaba. Operação uma semana depois. Dura. E a previsão de longo tratamento preso em casa.

Amigos chegando assustados.

Amigos saindo a sorrir.

Alguns, de coração querendo rir...

Porque dois meses depois Noel ainda comparece a um congresso na Paraíba, em julho se encontra em Salvador, para outro congresso, e ainda houve um Colóquio de Tisiologia e Pneumatologia em Campos do Jordão, São Paulo, Noel Nutels presente. Ao seu lado, fiel, com a quimioterapia e outras tentativas de cura impossível, Elisa. Há quem se recuse a acreditar. Noel está apenas menos gordo, ar mais cansado, bom humor imbatível, memórias alegres para o riso dos amigos e projetos e protestos como sempre.

Noel foi a vida inteira – e acima de tudo – participação. Fundiu-se em amor com o país onde se refugiou sua infância atribulada, tangida por ventos de angústia. Identificou-se com os quase sem-pátria, porque desamparados, na pátria nova que adotou. Naqueles meses derradeiros de 1972 as unidades por ele criadas em 1956 estão completando mais de 900 mil km de voo pelos céus do Brasil, quilometragem que daria mais de vinte viagens ao redor da Terra, e estão se aproximando de um milhão e setecentas mil as pessoas que nos últimos 16 anos não tiveram sarampo, varíola, febre amarela, tuberculose e outras moléstias de matar povo, porque Noel e seus homens chegavam a tempo. Incluindo os curados no meio da doença marchando... Houve, nesse período, gente para levar ao sertão, à pobreza comum, aos índios no fim, toda uma soma de 4.775.187 diferentes serviços, desde a abreugrafia e a extração de dentes, até operações de emergência no incrível do mato.

José Antônio Nunes de Miranda, que assume a chefia que lhe pertencera, está fazendo o levantamento da grande obra realizada. Em janeiro de 1973 espera levar-lhe os números exatos (daqueles números ele sempre gostara...). E as suas experiências e aventuras no meio da gente que esses números representam são o alimento maior das conversas com os amigos que o frequentam ou que ele frequenta, porque o relacionamento social continua.

Mas vem o dia em que ele começa a sair menos. E o dia em que já não sai. Quando se conhece a realidade, quando vem a negra certeza, muito amigo se acovarda. Falta coragem... Terror de enfrentar o abatimento do gigante bom. Marques Rebelo foi um deles. "Atrasei a minha visita quanto pude", escreverá depois. Mas parecia que Noel o esperava para desabafar:

– Estou liquidado, Marques!

O romancista, por sua vez enfermo, se encolhe. Era o que ele mais temia. Ouvir aquilo... Mas o próprio Noel lhe estende a mão. "Ele como que veio em minha ajuda – era assim seu coração. E o encontro tomou logo um caminho quase natural de fluência, palavrões e risos..." O visitante vai se recompondo. "E de repente – escreve ele –, a conversa tomou um rumo francamente divertido, como se a Dama Branca não estivesse postada à cabeceira da cama, pronta para o bote fatal!"

Arnaldo Pedroso d'Horta é outro dos assustados que vão depois de muita luta procurá-lo. Encontra-o "sentado na cadeira de que já não poderia levantar-se".

– Desta vez me pegaram de jeito... – diz Noel, entre amargurado e risonho. – Não vai ter saída, não...

Temeroso de cair no melodrama, pergunta:

– Você que idade tem?

E ao ouvir a resposta do amigo:

– Então você tem um ano menos. Eu gostaria de viver um pouco mais, chegar a uma conta redonda. Queria completar 60...

Ele é médico, sabe das coisas:

– Mas não vai dar, não.

Eram raros, porém, momentos como esse. O normal – e o espantoso – era o contrário. Apesar dos muitos que se retraíam, ainda assim a casa andava cheia. Tantos, que Noel costumava brincar:

– Eu ainda vou cobrar entrada... 50 cruzeiros por pessoa...

Voltava-se para Elisa:

– Assim você se recupera mais depressa. Viúva rica é outra coisa...

Sem intenção de piada – e não era mesmo –, diz a um amigo que chega um amigo que saía:

– Doente assim é até um prazer a gente visitar.

– Doente, não, moribundo – corrige Noel, estranho desanuviador de semblantes.

Assim permaneceu até ser transportado para o Encontro Final. É apenas uma semana mais.

Num sábado à noite, 10 de fevereiro de 1973, deixava seus amigos aquele que fora santo e herói sem o saber e a seu despeito. E muito mais que herói ou santo, gente.

NOEL POR NOEL

1

Minha mãe nunca pôde compreender aquelas manchas, nódoas tendendo para o marrom, meio avermelhadas, e indeléveis. E nem sequer desconfiava de sua origem. Não seria eu que, muito embora sabendo a verdade, poderia revelá-la. Aquelas eram as minhas primeiras cuecas e eu me sentia um homem. Eu devia estar, então, na altura dos meus dez anos embora aparentasse mais.

Havia dois anos que, em companhia de minha mãe e uma tia, eu chegara àquela cidade. Era pequena, não devia ter muito mais de mil habitantes e todos me conheciam. Não era pra menos. Meu pai era o único gringo daquelas redondezas e não havia quem não o conhecesse ou pelo menos não lhe devesse dinheiro. Ele era o pioneiro das vendas em prestação e dono da Loja da Moda, o único sobrado de Laje do Canhoto. Não fossem suficientes essas credenciais, bastaria a nossa chegada ali. Fora o maior acontecimento daqueles últimos anos, superado apenas pelas festas de comemoração do centenário da Independência.

Era 1922, agosto, quando desembarcamos, depois de longa e tortuosa viagem, em Recife, cidade da qual ouvíramos falar pela primeira vez quando recebemos documentos e passagens no consulado do Brasil em Hamburgo. Na verdade, ao iniciarmos a longa viagem, eu sabia, apenas, que o nosso destino era um paraíso situado numa região remota cujo nome, "Zudamérica", significava para mim avesso de *pogrom*, fome e pobreza. Em Kaminka, lugarejo à margem esquerda do Dniester, onde começou a aventura definitiva da minha vida, numa noite escura, aguardada com ansiedade e medo, ouvi pela primeira vez, para nunca mais esquecer, o estranho nome Brasil. Não era uma certeza, era uma probabilidade. Em Beltz é que as coisas ficariam um pouco mais claras. Somente ao sermos despejados, literalmente, em um cesto de vime enorme, de bordo do *Madeira*, navio misto alemão, para um pequeno barco que nos levaria ao cais, é que tive certeza do nosso destino.

Eu sabia pouco. Sabia apenas que meu pai, ao saber que eu ia nascer, partira, louco de entusiasmo e ambição, para fazer fortuna, com destino a um país distante onde diamantes e ouro rolavam pelo chão. Era só a gente se curvar e apanhar. Quando o seu tão esperado filho nascesse, o mundo seria seu. Isso foi em 1912. Vim ao mundo seis meses depois, em abril de 1913. Enquanto meu pai tentava fazer fortuna explodiu a Grande Guerra de 1914. Em 1917 a revolução de outubro tumultuou ainda mais os acontecimentos, e somente por volta de 1920 foi possível restabelecer os contatos. Não sei como. Não deve ter sido fácil. O mundo estabelecera um cordão sanitário em torno da recém-nascida União Soviética. A guerra civil, os *pogroms*, a fome, as epidemias transformaram esse fato simples em milagre.

Não posso esquecer aquele momento aguardado mais do que temido, embora os riscos fossem enormes. O medo atávico de um povo, acumulado em dois mil anos de diáspora, pesava todo sobre nós naquela noite escura. A escuridão era o grande manto sob o qual os contrabandistas poderiam operar com mais segurança. O contrabando seríamos nós: eu, minha mãe e minha tia. A fronteira que deveríamos "roubar" era policiada nas duas margens do rio. Era proibido sair da Rússia e proibido entrar na Romênia. Na véspera, soubemos, um grupo de fugitivos fora metralhado numa margem do Dniester e os que haviam conseguido vadeá-lo foram caçados na outra. Era a nossa vez. De um lado a confusão, a fome, o desespero. Nem sequer sabíamos o que estava acontecendo. Não podíamos entender os acontecimentos. Sabíamos que era o *pogrom*. Grupos de homens de um exército derrotado e fragmentado atribuíam a sua derrota aos judeus e se vingavam. Nunca se apagará da minha memória aquela figura do velho *choecht* que me havia circuncidado, correndo na principal rua de Ananiev com a sua respeitável barba branca em chamas.

Os meus primeiros cabelos brancos apareceram aos sete anos quando minha mãe e eu nos refugiamos naquele velho mausoléu do cemitério abandonado.

Do outro lado do rio, a partir dali, aguardava-nos a tranquilidade. Comida, paz e meu pai que eu não conhecia.

Minha mãe me preparou. Vestiu-me a minha melhor roupa. Ela e sua irmã envergaram os melhores vestidos dos seus minguados guarda-roupas. Não haveria bagagem. Apenas uma pequena trouxa com o essencial, informaram os mágicos da nossa fuga. Quando escureceu estávamos prontos na barranca do rio. A lua nasceria tarde e no momento exato alguém nos apanharia. Não me lembro da cara nem do jeito da pessoa que apareceu. Acho mesmo que adormeci porque a minha memória registrou os fatos a partir de um momento em que comecei a sentir água nos meus pés. Estávamos numa pequena canoa e a água borbulhava nas frestas mal calafetadas. Um vulto à popa segurava o leme e duas pessoas remavam. Apenas o ruído dos remos ao cortarem a corrente, além da respiração ofegante dos remadores, arranhava o pesado silêncio da noite sem estrelas.

Quando atingimos o outro lado do rio, com o barco alagado pelo meio, ninguém nos aguardava. Não era o combinado. Haveria alguém que se encarregaria de nós a partir daquele ponto. Que a correnteza forte havia forçado a nossa deriva mais de um quilômetro abaixo do ponto combinado, foi a explicação que nos foi dada. Que ficássemos calmos e falássemos baixo, que não demoraria a pessoa responsável pela nossa orientação e guarda dali em diante. Que enquanto esperássemos devíamos tirar os sapatos e enxugar os pés para prevenir espirros, provocados por um provável resfriado, que poderiam atrair algum curioso ou mesmo um guarda, quem sabia? Atendendo o conselho sensato, minha mãe enxugou os meus pés com seu lenço de cabeça que lhe dava um certo ar camponês. Por sua vez, ela e minha tia também tiraram o seu calçado. É engraçado mas me lembro, nitidamente, da botina de minha mãe. Não faço a menor ideia de como era o meu calçado. Mas aquela botina amarela surge, agora, claramente de algum recanto misterioso do meu cérebro. Era de pano. De couro apenas a sola. Saltos enormes, altos e grossos.

O resto era de um pano amarelo, cor de canário, com costuras pretas e fieiras marrons. Eu não podia entender aqueles saltos.

Um ruído de vozes me despertou e em grande azáfama nos pusemos praticamente a correr. Teríamos de atingir uma carroça de feno e a distância era grande para a noite curta. O nosso destino imediato era a aldeia de Vertugen, em cujos arredores seríamos alojados em uma casa de camponeses. Depois de deixarmos o nosso refúgio, um imenso milharal, tivemos de galgar uma barranca escarpada e, quando atingimos a carroça carregada de feno, tínhamos os pés em sangue. Somente então mamãe notou a falta das suas botinas. Na pressa esquecera-as, e não dava para voltar. Seria uma loucura, uma tentativa de suicídio, dizia o homem da carroça. Nessa altura começava a clarear. A noite, o manto protetor, esvaía-se rapidamente. Mamãe insistia desesperadamente. Eu não podia compreender aquela insistência. Aquelas botinas feias não podiam justificar aquela obstinação, aquela palidez, aquele desespero. O meu senso de menino sofrido não podia admitir aquilo. Mulher inteligente, minha mãe, não podia teimar tanto e com tanto empenho, a ponto de se expor, e a nós, a mim, sobretudo a mim que sabia o quanto ela me amava, que sabia ser a razão de tudo aquilo, de sua própria vida, a perigos tão grandes. E por quê? Por um par de botinas horrendo, de pano amarelo e saltos enormes e quadrados. Eu não podia compreender aqueles saltos de forma e tamanho descomunais. Eu não podia compreender mas alguém compreendera. Aquelas botinas, ou melhor, aqueles saltos por pouco não causaram o nosso fim. Outros perderam a vida por causa de saltos como aqueles.

Toda a nossa fortuna, umas poucas joias e algumas moedas de ouro, fruto de anos de economia, tudo que restara depois do pagamento adiantado aos contrabandistas, estava naqueles saltos monstruosos. Eu não sabia mas eles sabiam, os contrabandistas. Eram prepostos seus os fabricantes, bem como os vendedores daquele horripilante calçado. Era como eles faziam para saber se as suas vítimas tinham bens e onde estavam. O resto era fácil. Aquele tumulto, os pés molhados, os conselhos profiláticos de espirro. Tudo lógico, e por isso convincente, formava a trama. Tudo faziam para agravar a tensão reinante. Dentro de um clima como aquele ninguém se lembraria de uns pobres borzeguins de pano amarelo. A não ser bem mais tarde. Irremediavelmente tarde. Quando esse truque não funcionava é que, dias depois, os corvos denunciavam cadáveres na margem direita do Dniester.

II

Como explicar à minha mãe a origem daquelas manchas? Em primeiro lugar, sexo para uma senhora de sua origem e formação não era assunto fácil de se abordar. Eu me lembrava ainda do que me acontecera quando fui surpreendido, em um desses esconderijos que toda criança tem num pomar ou em algum fundo de quintal, em companhia de uma menina da vizinhança. Fora um escândalo que eu não pudera entender. Fui severamente castigado com uma punição de cujos efeitos psicológicos levei muito tempo para me libertar. Eu devia ter, no máximo, uns sete anos e a menina alguns anos mais. Agora, com doze anos, faltava-me coragem para revelar a verdade. Mesmo porque ela talvez nem entendesse a explicação. Acredito até que ela não soubesse nem sequer que bananeira dava nódoa, quanto mais que alguém pudesse foder uma bananeira. Eu também não sabia até a primeira experiência. Foi então que aprendi a trepar nu. A vida é uma grande mestra. Como então explicar à minha pobre mãe a origem daquela indelével e caprichosa mancha de um marrom avermelhado? Quando desembarcamos do trem da Great Western eu já sabia algumas coisas de sexo. Mas muito pouco. Tudo que sei sobre o assunto ou pelo menos as coisas essenciais, incluindo alguns requintes, eu as aprendi na minha infância transcorrida toda ela no Nordeste. Depois veio apenas o aprimoramento. Quando desembarcamos daquele trem muito pouco sabia de sexo e nada de Brasil.

Ao se aproximar o comboio da gare, um terrível fragor de metralha e de violentos estampidos, que bem poderiam ser de canhão ou de bombas, nos surpreendeu e aterrorizou. Ouvi a voz de comando de minha mãe: "Deita, *pogrom*!". Não podia ser outra coisa. Tiro de qualquer natureza para nós só tinha um sentido: *pogrom*, matança de judeu. O grito de minha mãe era um reflexo condicionado por tantos anos de perseguição. Tiro, correria, já sabe, o alvo só podia ser judeu. Aliás, mamãe sempre tinha uma história a propósito de qualquer coisa, essa era uma delas: em Odessa um casal de judeus foi ao teatro. A peça era o clássico shakespeariano. Quando Hamlet propõe dramaticamente o seu dilema *to be or not to be*, o casal judeu levantou-se o mais discretamente possível e partiu incontinenti. Por quê? Em russo a expressão *to be or not to be* é *bit ol ni bit*, que também pode ser entendido como bater ou não bater. E quando se fala em bater só pode ser em judeu. Deitados, eu, minha mãe e minha tia tremendo de pânico, o que mais me admirou foi o sangue-frio de meu pai a quem eu conhecera havia poucos dias. Em pé, com cara de quem nada entendia, tinha nos lábios um sorriso que eu não podia compreender mas que apesar de tudo me tranquilizou. Passados os primeiros instantes de confusão é que as coisas se clarearam. Todo aquele fragor de batalha era apenas a manifestação de contentamento de toda uma pequena cidade alagoana pela chegada da família do seu Salomão, de quem todos gostavam. Era a homenagem, desconhecida para nós, dos foguetes, das girândolas e das ronqueiras.

III

Quando meu pai partiu em busca da fortuna, o seu destino fora Buenos Aires. O ouro e os diamantes não rolavam pelo chão. E como tantos outros da sua condição, acabou de porta em porta. Vendeu de tudo. Uma das coisas que eu pude reter na memória, fixada por um melancólico pregão que ele repetia sempre que contava a sua história, era calçado para criança. "*Chiquitos, chiquitos para sus hijos*", passava o dia aos berros pela cidade. Mal pôde, desse modo, conseguir o indispensável para a passagem de volta pela terceira classe. Era 1917 e o navio que levava meu pai de volta era alemão. Foi exatamente no período em que o barco recebia abastecimento e carga em Recife que o Brasil declarou guerra ao Kaiser. Contou-me um dia um meu amigo, Romero Marques, filho de tradicional família de médicos pernambucanos, que, estudante naquele tempo, lembrava-se que a multidão nas ruas tocava fogo nas casas germânicas de comércio e fazia vibrantes comícios. Enquanto ardia um famoso magazine da época, a Casa Alemã, que ficava na esquina da atual Rua Nova com a Praça Joaquim Nabuco, onde hoje existe A Primavera, desenvolvia-se um entusiástico comício na Praça Joaquim Nabuco. De repente alguém na multidão descobriu um cidadão que falava uma língua estranha, era vermelho, com cabelo e enormes bigodes cor de fogo, usando boné. Só podia ser alemão. Súbito ouviu-se uma voz: "Pega o alemão!" e toda a massa virou-se contra o pobre homem que gritava a plenos pulmões enquanto corria: "Mim russo! Mim russo!" Contou o Romero ainda que o gringo chegou a levar algumas bordoadas. Meu pai só não confirmou esse último detalhe. No resto a história é igual.

Eu sei que esse episódio lembra, de certo modo, um dos melhores contos da nossa língua, "O espião alemão", de Monteiro Lobato. Mas que é que eu posso fazer? Isso, pra quem gosta de filosofar barato, prova apenas que a vida imita a arte.

Foi fugindo de Recife que papai um dia chegou a Laje do Canhoto. Laje era então uma pequena vila que praticamente vivia de cana. Além de dezenas de pequenos engenhos, produtores de rapadura, mascavo e cachaça, uma usina surgira ali não havia muito. Todo o comércio da região vivia em função dos engenhos, mas o que pesava mais na balança era a usina. A usina era tão importante que por sua influência se fez uma inversão no calendário. O sagrado dia de guarda, o domingo, passou a ser guardado às quartas-feiras porque, sendo aos sábados o dia do pagamento na Serra Grande, a feira passou a ocupar o domingo e a quarta passou a ser o dia santo de guarda. Aos poucos foi meu pai se adaptando ao clima e aos hábitos da região. Foi fazendo amigos, o que para ele não era difícil. A guerra, se chegara a Laje, não chegara com o mesmo fervor de Recife. Não que os lajenses fossem menos patriotas. É que os jornais que melhor informavam, os de Recife, chegavam ali três vezes por semana. Também apareciam jornais de Maceió, que sempre teve imprensa precária. Tudo entretanto obedecia ao ritmo ditado pela frequência do trem da Great Western of Brazil Railway (GWBR). Não havia outros meios de informação. Em Laje havia apenas algumas escolas primárias, praticamente não passavam da fase de alfabetização. Quem quisesse prosseguir teria de emigrar. Pouco se sabia da guerra. A agitação maior era nos centros maiores onde faculdades de direito despejavam turmas de oradores ávidos por tribunas, obedientes à tradição de um Castro Alves, de um Tobias Barreto ou de um Joaquim Nabuco. As campanhas da Abolição e da República haviam sido, num passado não muito remoto, as grandes motivações. Agora era a guerra. Mas em Laje as escolas mal formavam eleitores dos quais mal se exigia um rabisco à guisa de assinatura ou mesmo nem isso, numa época em que defunto votava. Quando alguém chegava de Recife, reunia-se com os próceres na porta da farmácia do seu Buarque, e ali então se estabeleciam intermináveis discussões nas quais meu pai muitas vezes pontificava como consultor de assuntos geográficos, pois "o homem era de lá", e sendo de lá devia estar mais atualizado do que a geografia de FTD. O fim da guerra encontrou meu pai estabelecido. A Loja da Moda vendia de tudo. Desde vistosos penicos de ágata, pendurados no umbral de entrada, tudo era oferecido aos fregueses: malas, colchões, sutache, alamares, cachaça a retalho, fumo de rolo, foice, enxada, agulha, linhas da Pedra, roupas feitas, cominho, pimenta-do-reino, alpiste para passarinho engaiolado, sapatos, botinas de elástico, chapéus de massa e de palha, papel almaço, fazendas de todos os tipos (nunca mais ouvi falar em verbutina, não consta nem no dicionário do Aurélio Buarque de Holanda, e que sendo alagoano é capaz de ser parente do seu Buarque da farmácia). É mais fácil enumerar o que não se vendia na Loja da Moda. Entre essas raras coisas eu poderia citar, por exemplo, papel higiênico. Aliás eu nem sei se nesse tempo já se havia inventado esse utensílio, hoje condenado pelos proctologistas. Sei, isso sim, que o papel higiênico da época foi de inestimável utilidade no aprendizado da leitura e mesmo na melhora cultural. Pelo grau de cultura de uma pessoa poder-se-ia avaliar, com bastante aproximação, o grau de fluidez intestinal. Ou melhor dito, cultura tinha relação direta com prisão de ventre. A cultura já naquele tempo era condição de status econômico. Os eruditos, todos, eram possuidores de confortáveis penicos. A posição de cócoras, embora fisiológica, cansa. Cesário era o grande erudito da cidade, apesar de sua propalada úlcera na perna direita (ursa indomave, segundo alguns). É que era detentor de uma confortável poltrona sob cujo assento encaixava-se um florido urinol de Limoges. Além disso, era assinante do *Diário de Pernambuco*. Penicos, aliás, não eram das mercadorias mais vendidas na Loja da Moda. A maioria da população preferia adubar as bananeiras do fundo do quintal. Daí aquelas lindas bananeiras que eu, com emprego de boa dose de imaginação, comia por via parenteral.

IV

Esclarecido o tiroteio, restabelecida a nossa tranquilidade, começaram os abraços, os violentos e traumáticos abraços nordestinos. Quanto mais fraternais, mais traumatizantes os tapas que se aplicavam nas costas um do outro. A mim aquilo parecia mais uma forma extravagante de luta. Hoje estou convencido que foi um abraço desses que desencadeou o aneurisma que acabou matando meu pai. Depois de alguns carinhos dos mais sinceros, com as costas ardendo, consegui escafeder-me até um canto da estação, de onde, entre caixas, sacos, fardos e garajaus, passei a apreciar aquele estranho espetáculo. Uma multidão, toda a cidade praticamente, empenhava-se em aplicar, no dorso de meu pobre pai, palmadas que eu mais ouvia que vislumbrava. Inda bem que tais amplexos não eram aplicáveis nas mulheres. Minha mãe e minha tia, com espanto estampado nas caras lívidas, recebiam apenas respeitosos apertos de mão. Cansado daquilo, transferi meu olhar para a paisagem. Tudo era novo e exótico para mim. A vegetação, os telhados, as roupas brancas e as pessoas pretas. Eu nunca tinha visto de perto pessoas pretas. Vi pela primeira vez, se não me engano, em Galatz ou Bucareste, e a certa distância, duas pessoas de cor preta usando fezes vermelhos. Ao tentar aproximar-me, para melhor examinar o fenômeno, minha tia, que me acompanhava – estou certo que sem a menor eiva de discriminação, unicamente preocupada em me assustar por motivos meramente disciplinares –, falou ao meu ouvido em tom intimidativo que se eu me aproximasse deles correria o risco de ser raptado e somente Deus saberia o que poderia me acontecer. A chantagem funcionou, mas hoje eu posso afirmar com categórica segurança que o método empregado sobre ser antipedagógico marcou o pobre garoto de tal forma que ao deparar com aquele detalhe meu coração se acelerou novamente. Havia atrás da estação várias rumas de varas. Eram pilhas grandes simetricamente arranjadas como enormes paralelepípedos. Havia-as pretas, amarelas e esverdeadas. E ali estava um homem preto comendo um daqueles paus. A minha taquicardia aumentou quando um natural mecanismo de associação de ideias despertou na minha memória o acontecimento romeno. Se aquele homem comia pau, que não teriam feito de mim, portador de tenra e gorda carne, aqueles outros que além de pretos usavam fezes vermelhos? Corri para perto de minha mãe.

O trem já havia partido e a gare ainda estava cheia de gente. Eu estava tonto, confuso com aquelas manifestações de alegria, sem dúvida, mas extremamente cansativas. Aos poucos a confusão foi amainando e o grupo todo foi se encaminhando num único sentido. Na frente meu pai, de braço dado com minha mãe, comandava a marcha. Atrás, uma curiosa banda acompanhava a comitiva. Bombos, taróis, surdos e pífanos emitiam ritmo e melodia completamente estranhos para os meus ouvidos habituados à música europeia. Somente a tristeza da melodia, que pelo ritmo imprimido pelos instrumentos de percussão pretendia ser alegre, lembrava-me, em alguns momentos, o *freilich*, gênero de música característica do povo judeu. É uma música que pretende ser alegre, o nome o diz, mas que, por mais alegre que pretenda ser, guarda sempre uma eiva de melancolia. Foi aí que meu primo apareceu. Aquele cabelo de fogo era inconfundível. Eu sabia que ele estaria nos esperando. A sua chegada ao Brasil antecipara-se à nossa de um ano. Havíamos nos encontrado em Beltz. Ele, sua mãe, duas irmãs e minha vó. Os seus papéis já estavam prontos e embarcariam dentro de alguns dias. Nós ainda levamos um ano. Meu pai morava no interior enquanto o seu morava na capital do estado e se tornara amigo do governador, o que facilitara as coisas. Enfim encontrara alguém que falava minha língua e em quem eu poderia confiar. Depois das primeiras efusões contei-lhe, ainda assombrado, o episódio do negro que comia pau. A princípio Jacó não entendeu nada. Quando porém acabei de descrever a cena em seus detalhes, vi-o explodir numa estrepitosa gargalhada, o que aumentou ainda mais o meu espanto. O homem não comia nada, apenas chupava cana. Rico em sumo saboroso e doce, era daquele pau que, aqui, se extraía açúcar. Para mim açúcar era, até então, feito de beterraba. Foi só então que esbocei um sorriso. O meu primeiro sorriso no Brasil.

V

Foi Jacó quem me ensinou a primeira frase de português. Explicou-me ele que quando alguém se dirigisse a mim em tom interrogativo, eu poderia responder sem susto: "Bem, obrigado". A partir desse momento, durante um bom período, a tudo que me perguntavam eu respondia sistematicamente: "Bem, obrigado".

Foi munido dessa fórmula mágica que mergulhei, enfim, na minha infância, na minha terna e doce infância alagoana.

VI

A doçura na minha infância não é uma formulação meramente retórica. Ao mergulhar eu mergulhara literalmente no açúcar. Se não diretamente, pelo menos no "ponto" de cana da estação da estrada de ferro, aquelas enormes rumas onde eu vira, ao desembarcar, o homem devorando um pau.

Ao serenarem as coisas, o meu primeiro impulso foi o de conhecer a cana pessoalmente. Foi o Jacó ainda que me levou ao "ponto" pela primeira vez. Depois fiquei assíduo. Foi onde fiz os meus primeiros amigos. Eu frequentava aquele lugar por curiosidade e desfastio. Somente muito mais tarde é que descobri que muitos dos meus amigos iam ali por necessidade de matar a fome. Quando meu primo voltou pra Maceió, onde morava, eu continuei indo sozinho mais ao encontro daqueles garotos maltrapilhos do que mesmo pelo prazer de chupar cana.

A tudo eu respondia "bem, obrigado". Aos poucos, porém, fui percebendo que as mais diferentes frases eram-me dirigidas em modulação interrogativa e que ao respondê-las com a minha fórmula mágica provocava enorme hilaridade. Aquilo não era normal. Não podia ser normal toda aquela explosão de gargalhadas por causa de uma expressão tão simples da qual eu conhecia o sentido. Havia uma entre outras frases que de tanto ser repetida pude reter. Além de ser a mais frequente soava agradavelmente aos meus ouvidos.

"Pai, que quer dizer 'você é filho da puta'?" Senti no meu pai um certo embaraço. Ficou ligeiramente corado, chamou minha mãe, conversaram em voz baixa e ela é que me esclareceu a questão. Simplesmente me perguntavam se eu era *baistruc* e eu respondia, angelicamente, "bem, obrigado". Foi o primeiro de uma série, ainda crescente, de palavrões que não só cultivo como ensino aos meus netos com a maior ternura. Um "ora porra" aplicado na hora oportuna vale, a meu ver, dez sessões de psicanálise, além de ser infinitamente mais barato. O palavrão, sobre ser um profilático de recalques, funciona como magnífico analgésico. Quem me ensinou isso foi aquele ganhador (entregador de encomendas e recados nos meus tempos de rapaz em Recife) que, penalizado com os meus gemidos e pulos sobre um pé só, consequentes de violenta topada, aconselhou-me com ar paternal: "Diga um puta-que-pariu, moço, que isso passa". E passa mesmo. Quem não sabe disso?

VII

Mas foi na escola de dona Eugênia que aprendi os palavrões imortais que me acompanham até hoje e que constituirão parte da herança, seguramente a mais valiosa, aos meus descendentes. A escola de dona Eugênia, por ser a mais próxima lá de casa, foi a escolhida para a minha iniciação intelectual. Era uma casa de porta e janela na Rua das Cordas. Nós morávamos na do Comércio, bem próxima do grande largo da feira que era uma dilatação da própria rua. A feira começava no largo e se estendia até a igreja passando na porta da Loja da Moda. Nós habitávamos o sobrado. No sentido oposto ficava a rua da minha escola.

Nunca descobri o porquê do seu nome: das Cordas. Ninguém, ali, fabricava ou vendia cordas. Era tortuosa e coberta de pedras, além de inclinada. O lado da escola era bem mais alto que o outro onde ficava a barbearia de Duda que, também não sei por que, era Peixinho. Ele é que cortava o meu cabelo até que se descobriu que aquela sua voz aflautada e aquelas maneiras adamadas não eram simples defeitos de educação por convivência com oito irmãs. A partir de então o meu cabelo passou a ser cortado por Mané Beira Dágua. Beira Dágua por causa de sua testa lisa e larga como as raras praias do Rio Canhoto. Na escola não havia nada além da professora, da sua mesa, de um quadro-negro e de uma palmatória. Cada aluno tinha de levar o seu próprio assento: um tamborete. Não, não havia quadro-negro. Cada aluno tinha de levar sua lousa e o indispensável creiom. Havia o quintal que acabava de abrupto no corte por onde passava a ferrovia e onde tantas vezes fizemos o trem derrapar passando sabão nos trilhos. Para isso fazíamos verdadeira façanha alpinística. Descer, esfregar o sabão no trilho e depois subir novamente o íngreme paredão, tudo isso, dentro do período do recreio, representava um esforço e um risco apreciáveis. O corte devia ter uns vinte metros de altura. Pelo menos foi essa a impressão que guardei. Mas a grande compensação era, em plena aula de tabuada, ouvir o resfolegar inútil, em ritmo crescente de canto de inhambu, da locomotiva a vapor, devoradora de florestas, personagem mágica de sonhos fantásticos, vencida. Vencida por nós, tendo como lança um punhado de pobre sabão de cinza, fabricado ali mesmo, naquele quintal, com sebo, soda e cinza, pela mãe da nossa professora, que o vendia na feira dos domingos. A nossa luta permanente, entretanto, a nossa guerra de todos os dias, a mais encarniçada, tinha como alvo um personagem muito menor do que a locomotiva da GWBR. Infinitamente menor, mas com um poder traumatizante incomparavelmente maior. Se um enchia os nossos pesadelos de dragões e anacondas, o outro enchia as nossas mãos de edemas e equimoses. Ganhávamos sempre as batalhas contra a locomotiva, mas perdíamos a guerra à palmatória. Era um instrumento sinistro, recortado em madeira, de preferência maçaranduba, com forma típica: uma circunferência com uma polegada de espessura e uma empunhadura de um pouco mais de um palmo. Bem no centro da circunferência, fruto do compasso que o modulara, o torturante instrumento apresentava um pequenino furo. No cabo, não sei quem, nem por que, nem quando, alguém inscrevera o nome diante do qual todos tremiam, mesmo os que, ciosos de sua condição de macho, procuravam aparentar certa atitude de arrogância: Maricota 17. Chegado o momento do seu emprego, as reações eram várias e muitas vezes imprevistas. Alguns diante do inexorável se humilhavam, imploravam pelo amor de Deus, prometiam. Outros choravam baixinho e, no momento do impacto, gritavam: Mamãe! Outros: Valha-me minha Nossa Senhora! Alguns xingavam a mãe da professora aos berros e sem derramar uma lágrima. Outros simplesmente se mijavam. Todas as combinações eram possíveis. Alguns, entretanto, portavam-se com a maior dignidade. Não muitos, e eu não me encontrava entre os poucos. Não cheguei a me mijar mas gritei muito por mamãe.

O piolho foi a fórmula mágica que um dia nos ensinaram. Teríamos de colocar dentro do furo central da palmatória um piolho vivo e, para mantê-lo ali, cobri-lo com cera de abelhas. Ao ser empregada, a palmatória se despedaçaria. Não foi difícil encontrar os ingredientes. Piolhos todos nós os tínhamos, para desespero de minha mãe, no meu caso, que se esmerava no emprego do pente fino e soluções as mais variadas que iam do querosene à infusão de erva-de-santa-maria, que sendo bom para lombrigas deveria, não sei por que, também ser bom contra os desagradáveis parasitas capilares. Não sei se os seus remédios não eram bons ou se eu me reinfestava na promiscuidade da escola de dona Eugênia. Cera de abelhas não era tão fácil quanto o piolho, mas não chegou a constituir o grande obstáculo. O diabo era a oportunidade. Como fazer a manobra sem risco? A palmatória ficava pendurada em um prego sobre a cabeça da professora. Entre a imagem de Cristo crucificado e a cabeça da mestra. Impossível levar a bom termo o nosso plano nos dias de aula. Ocorreu-nos que Julinho seria a salvação. Tratava-se de um dos mais ferrenhos inimigos do instrumento infernal. Não por motivos de solidariedade ou por algum princípio filosófico apreendido nas preleções a propósito do 13 de Maio, mas simplesmente porque, sendo parente e afilhado da professora, era, por isso mesmo, a sua mais assídua vítima para exemplo vivo e candente de isenção.

"Nem o Julinho escapa do castigo", dizia a mestra sempre que vinha a pelo exibir o seu grande espírito de equidade.

Além de íntimo da casa o nosso herói tinha os seus próprios piolhos.

Osvaldo Panta, filho do velho Pantaleão, encarregado da cera, não a tendo conseguido, por preguiça certamente, trouxe um fragmento do cerol de seu Neguinho, de quem era aprendiz de apalazador. A primeira experiência foi um completo fracasso. Mané Brinquinho levou meia dúzia de bolos e nada. Nem uma rachadura. Atribuímos o desastre à impureza da substância empregada para tapar o buraco. A coisa tinha de ser feita com cera e nós empregáramos uma mistura que até sebo continha. Hoje, depois de utilizar tudo que foi de cera de abelhas, desde a uruçu até a caga-fogo, posso jurar de pés juntos que essa história de que piolho quebra palmatória é uma grossa mentira.

Abecê e tabuada eram as matérias das nossas aulas. Ambas eram lidas em voz alta dentro de um cantochão específico. O abecê e a tabuada, cada um tinha a sua própria melodia. Porque, na verdade, nós não líamos em voz alta, nós cantávamos. Dona Eugênia, sentada à mesa, tendo às costas, pendurados na parede, os símbolos da fé e da autoridade, fazia o seu crochê ou cerzia as suas meias. Habitualmente ela nem olhava para nós, mas se alguém errasse no bê-á-bá ou na conta da tabuada, ela imediatamente levantava os olhos e se dirigia, com a maior segurança, para quem tivesse errado. Não sei como, naquela confusão de vozes, ela podia distinguir o errante e o erro. Ela reconhecia todas as vozes, e o erro talvez fosse detectado por uma acuidade especial, fruto de anos de experiência. Ao errar na conta ou na soletração, certamente a gente atravessava o ritmo. O ouvido tem uma grande capacidade de adaptação. Lembro-me no tempo do Reis – quem da minha geração não se lembra do famoso restaurante? –, no meio daquela enorme algazarra, dezenas de garçons gritavam para a cozinha os nomes dos pratos, das quantidades, dos acompanhamentos, as localizações das mesas, além de recomendações especiais sobre condimentos e bebidas. Raramente havia um engano.

VIII

Nos fundos da nossa casa passava o rio. Não era à toa que a cidade tinha o nome que tinha. O leito do Rio Canhoto era uma laje só. Uma laje muito acidentada, cheia de altos e baixos. Tombos e peraus, acidentes de toda ordem tornavam a torrente tumultuada e borbulhante ao longo de um declive que percorria por alguns quilômetros. No verão não era lá grande coisa. Sobretudo depois que a Usina Serra Grande resolveu fazer uma represa, a montante da nossa casa. A parca luz elétrica, sobra da energia aproveitada pela própria usina, que a cidade passou a desfrutar, não compensou, pelo menos para mim e para os meus amigos, os enormes prejuízos. Grande parte da água, a maior, foi desviada pelo bicame até a profunda grota onde se localizara a usina de luz. A água sobrante não dava sequer para recolher os detritos (que detritos!) que ou se jogavam ou se escoavam dos fundos dos domicílios. Somente com o advento do inverno é que os montes de bosta eram removidos pela própria caudal. Em compensação passamos a conhecer os menores detalhes do rio a pé enxuto. Os invernos nem sempre compareciam na época devida ou, pior ainda, às vezes nem sequer davam o ar de sua graça. Então a desgraça era total. Mas quando o torreame começava a se formar a nossa imaginação começava a fumaçar como coivara mal apagada ao sopro da brisa fresca, e em labaredas se transformavam quando trovões e relâmpagos precediam as grossas bagas do inverno redentor. Pouco se nos dava se a torrente iria levar a ponte coberta do Ipiranga ou se a torre da velha igreja podia desabar. A nós nos importava que o rio ia encher, que o banho do Choque com sua ingazeira, trampolim em flor, nos permitiria cagar, lá de cima, só para ouvir o tibungo do cagalhão caindo na água. E as jangadas, a grande aventura das jangadas de bananeiras! Troncos de bananeiras, três ou quatro, justapostos e ligados entre si por outras tantas pequenas varas que os transfixavam e, para maior segurança, amarrados com embiras, formavam soberbas balsas que intimoratos tripulávamos. Sabíamos de cor, em minúcias, de todos os quintais que escondiam os melhores cajus, as mais doces mangas, os mais aveludados ingás, pitombas as menos ácidas, pitangas as mais encarnadas. Jacas colossais, moles e duras, romãs. Goiabas brancas e vermelhas (bicho de goiaba goiaba é), sapotis e sapotas, pinhas e bananas. De todas somente a última era minha conhecida. Fora-nos apresentada quando o navio que nos trouxe passou em Lisboa. Era uma fruta, agora eu sabia, amadurecida à força, feia e mirrada, provavelmente originária das colônias, diferente em aspecto e sabor das que agora eu conhecia. A variedade era de enlouquecer. Havia-as de todos os tamanhos e de cores variadas: desde a pequena maçã (somente muito depois é que vim a conhecer a dourada e deliciosa bananinha-ouro) até a imensa "comprida" que a gente comia cozida no café da manhã. Desde a amarela prata até a roxa banana-vinho. Todas de aspecto, gosto e até cheiro diferentes. A banana, seja qual for a espécie, agrada a qualquer pessoa, mesmo ao primeiro contato. A mesma coisa, entretanto, não acontece com as demais frutas. Algumas, como a manga, embora de aparência muito atrativa, me repugnavam pelo cheiro. Não sei como cheguei a adorar essa fruta. A princípio ela tinha para mim o gosto do cheiro de certa substância que minha mãe empregava para massagear os reumatismos de meu pai ou meu tornozelo desmentido em alguma correria desvairada do chicote-queimado. Pra falar a verdade, não era bem o sabor ou o cheiro das frutas que me impressionava. Era sim o gosto da aventura, o cheiro da liberdade que me embriagavam. Em verdade somente agora começava a minha infância.

    Com a primeira chuva, subitamente, como por milagre, o verde invade a paisagem. Uma cena de teatro na qual, com perícia inaudita, um misterioso maquinista tivesse trocado, em passe de mágica, ambiente de Graciliano Ramos por cenário de Godofredo Rangel. Uma transfiguração. O sítio dos Tavares exercia sobre nós, sobre mim pelo menos, fantástico poder de atração. Era uma propriedade abandonada. Uma ilha cheia de frutos cultivados ou silvestres, da qual emanava um forte cheiro de mistério. Não bastassem as frutas de todos os quintais, existia ali uma floresta de cacau, o que para mim, por si só, representava um encanto especial. Quando criancinha, ainda na Europa, nunca me ocorrera vir um dia a conhecer o fruto do qual se originava o chocolate, uma das raras alegrias da minha infância até ali tão sofrida e conturbada. Além do mais, pairava sobre toda a ilha um clima fantasmagórico. A começar por uma história de violenta luta de família por questões de honra e de terras que explicava o seu abandono, até as fabulosas histórias de botijas e de almas-do-outro-mundo. Nenhum de nós teria coragem de permanecer ali depois que o sino da igreja soasse chamando os fiéis para as orações vespertinas do ângelus. Ao primeiro toque a correria era geral. Largávamos tudo e saíamos numa corrida desesperada. A minha imaginação habituada aos doces, amenos e suaves contos de Perrault, irmãos Grimm ou Andersen, de repente foi agredida por mil histórias de cangaço e assombração, a cujo impacto passei muita noite de sono agitado. O menor ruído eu o atribuía a alguma alma penada pedindo orações e velas. Geralmente os "causos" me eram relatados por pessoas que os viveram e das quais eu não tinha qualquer razão para descrer.

    Periodicamente via passar pela cidade grandes grupos magros e maltrapilhos que, de porta em porta, pediam restos de comida ou roupas velhas.

Calçando rústicas alpercatas de couro cru, aquela pobre gente, esmolando, atravessando vales e montanhas, sempre caminhando, léguas e léguas, famílias inteiras estalando alpercatas no pé e levantando poeira dos caminhos, buscava lenitivo para as suas dores e misérias, para a sua fome e sede. Fome e sede sobretudo de justiça. Buscavam o milagre. Buscavam, descobri, entre espantado e incrédulo, um homem, um taumaturgo. Caminhavam centenas de léguas buscando um padre, o padre Cícero de Juazeiro. Bastaria vê-lo e receber a sua bênção para que a saúde voltasse e as desgraças cessassem. Os períodos de passagem dos romeiros coincidiam com verdadeiros surtos de histórias de milagres, de cangaço e assombração. Eu ouvia os relatos com curiosidade e medo. De noite, dormia mal e sofria pesadelos.

Noel Nutels

A Loja da Moda, de Salomão Nutels, pai de Noel, em Laje do Canhoto, no interior de Alagoas.

O jovem Noel Nutels.

Foto da formatura em medicina, no Recife, em 1938.

Elisa, esposa de Noel, com quem dividiu a dedicação aos índios.

Em campo, no interior do Brasil.

A abreugrafia chega aos índios, nos confins do Brasil.

Noel era incansável em seu trabalho pela saúde indígena.

Noel encarou grandes desafios para levar saúde a diversas aldeias indígenas.

Ao lado de Orlando Villas-Bôas, companheiro de jornada no Xingu.

Com Bertha Nutels, sua filha.

À vontade, como gostava de ficar.

As caravanas do Susa (Serviço de Unidades Sanitárias Aéreas), programa do Ministério da Saúde proposto por Noel Nutels, visavam realizar ações de saúde junto às populações indígenas e rurais de difícil acesso.

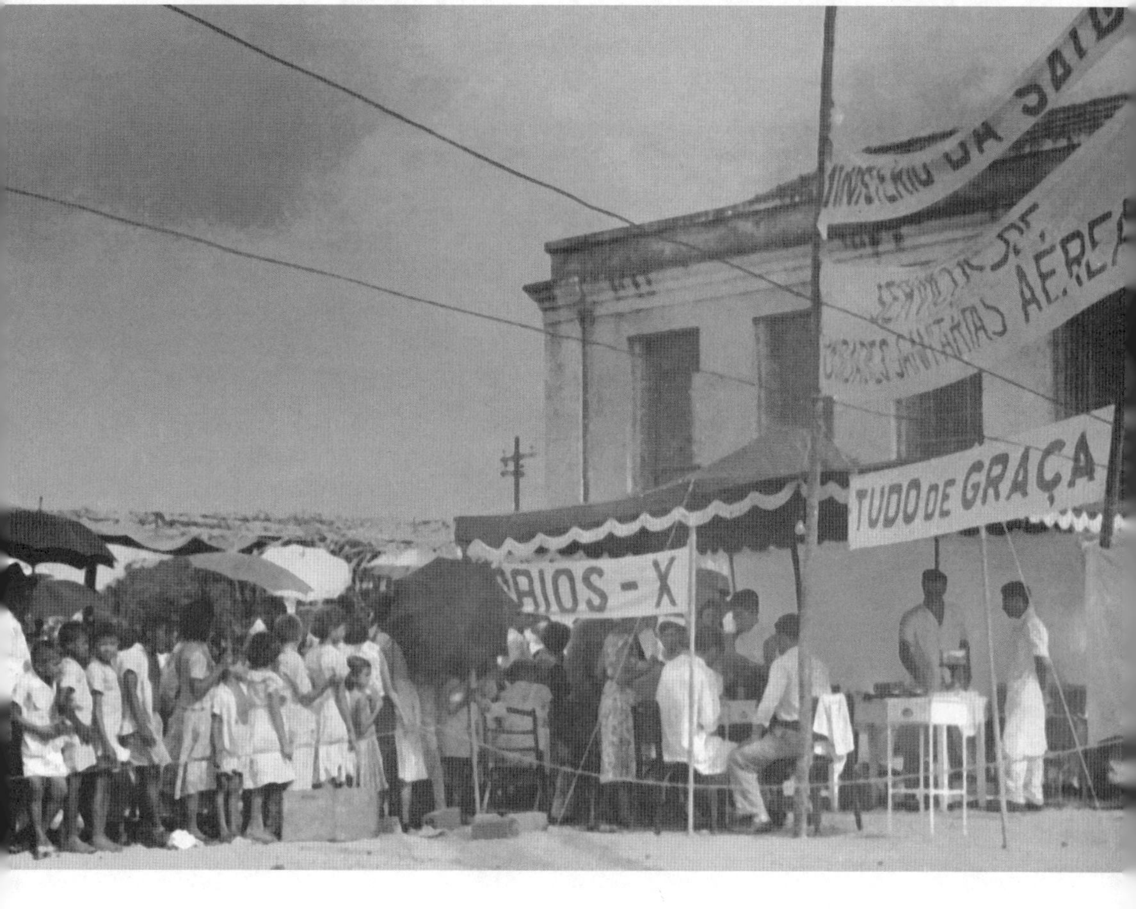
TUDO DE GRAÇA

Noel projetava novos rumos para o Brasil.

Tomando posse no Serviço de Proteção aos Índios, diante do ministro Lima Júnior.

Noel Nutels em diversos momentos de sua vida.

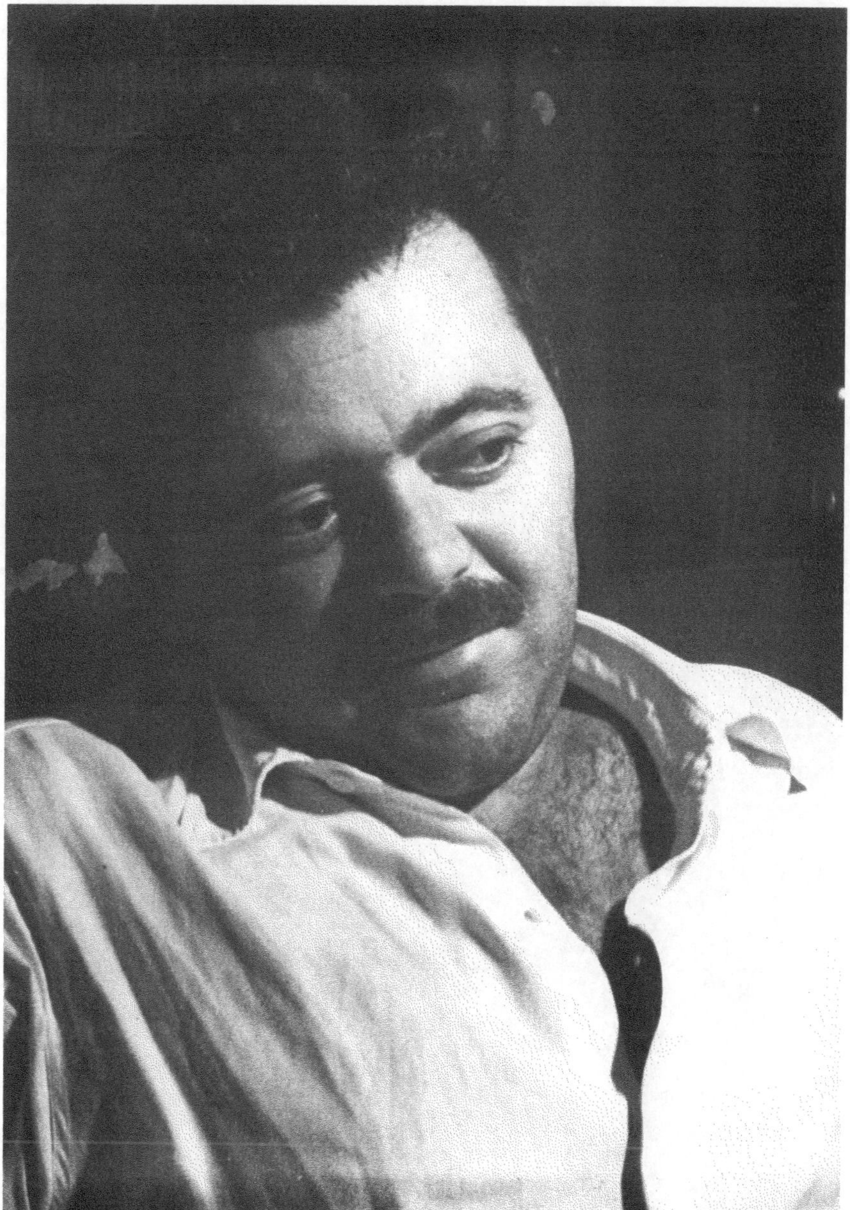

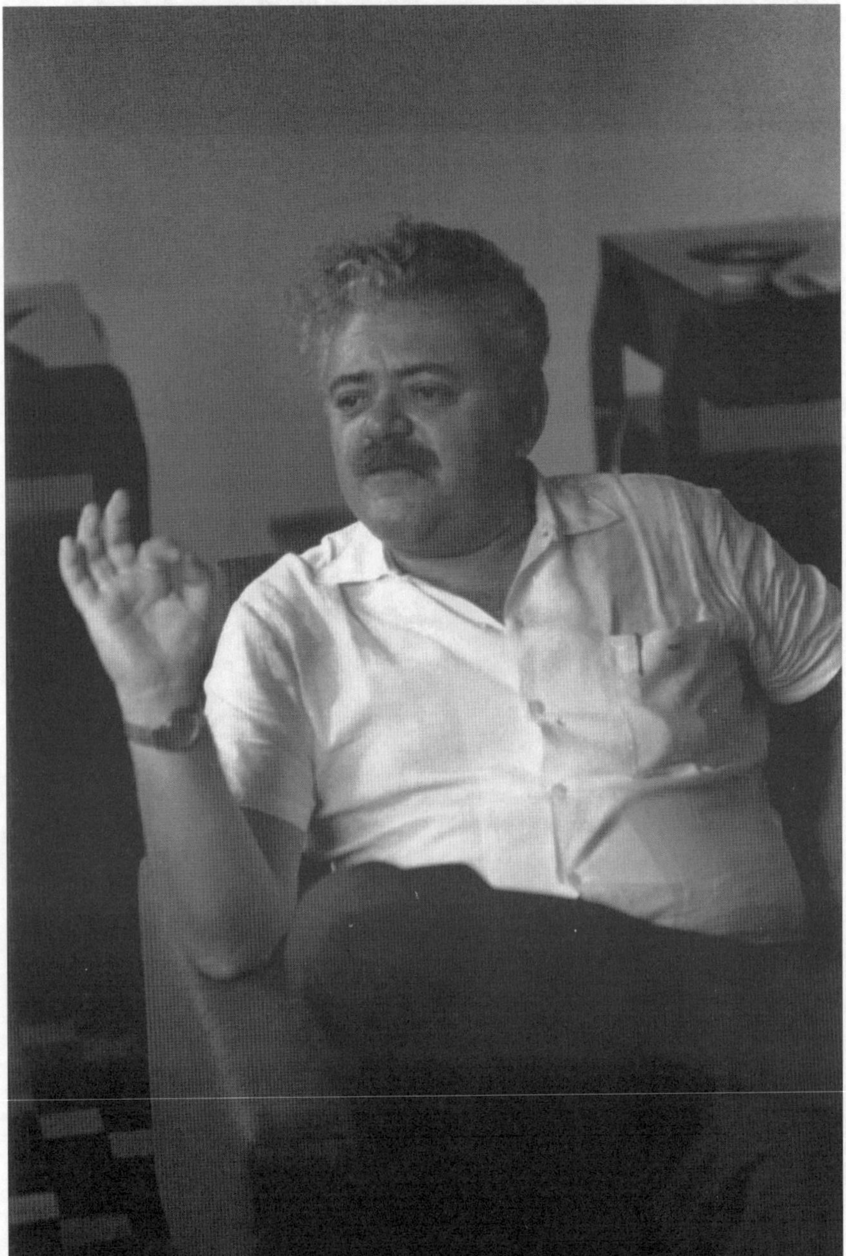

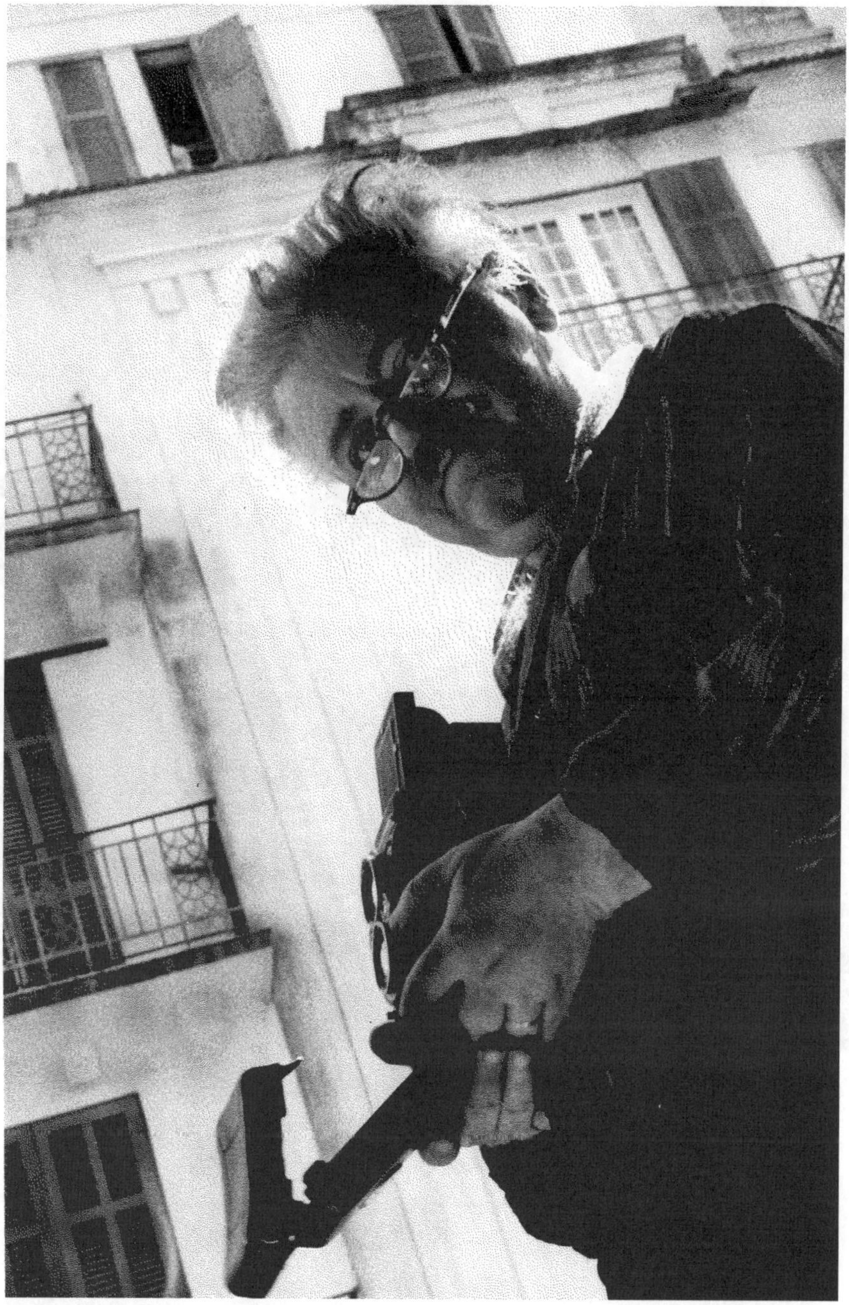

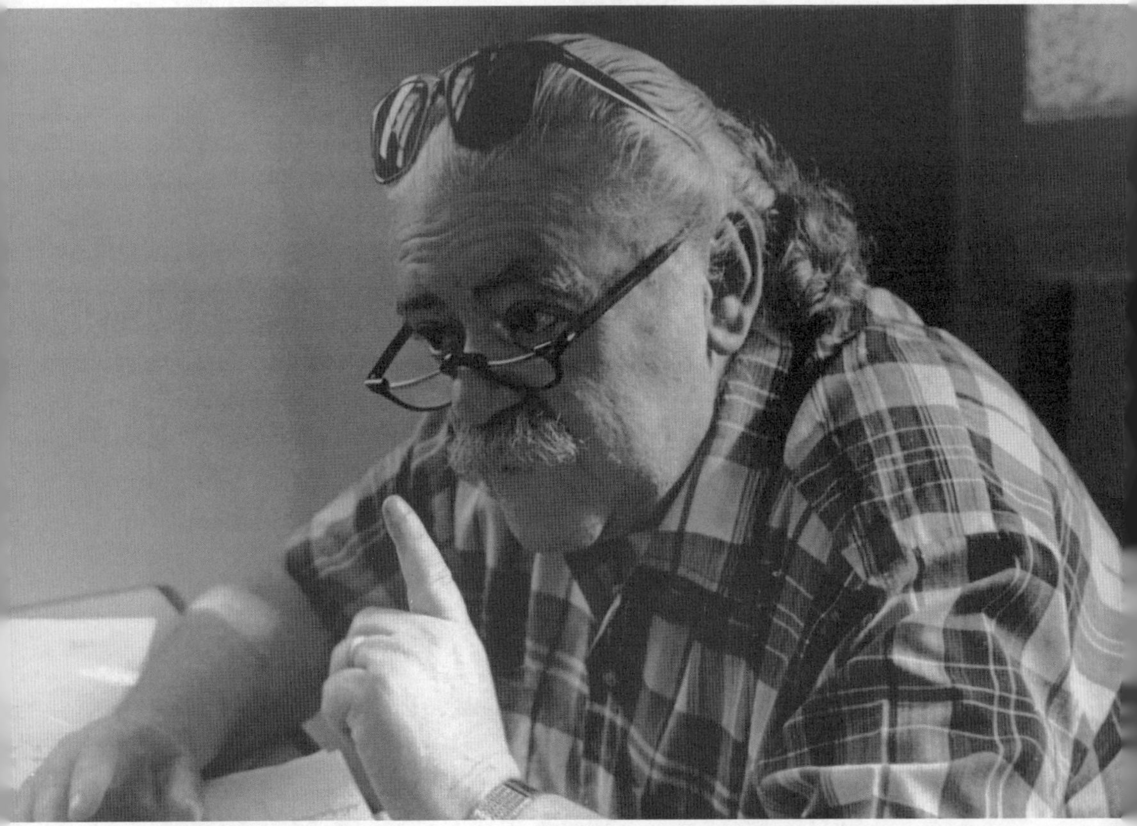

Sobre o autor

Orígenes (Ebenezer Themudo) Lessa foi um trabalhador incansável. Publicou, nos seus 83 anos de vida, cerca de setenta livros, entre romances, contos, ensaios, infantojuvenis e outros gêneros. Como seu primeiro livro saiu quando ele contava a idade de 26 anos, significa que escreveu ininterruptamente por 57 anos e publicou, em média, mais de um livro por ano. Levando em conta que produziu também roteiros para cinema e televisão, textos teatrais, adaptações de clássicos, reportagens, textos de campanhas publicitárias, entrevistas e conferências, não foi apenas um escritor *full time*. Foi, possivelmente, o primeiro caso de profissional pleno das letras no Brasil, no sentido de ter sido um escritor e publicitário que viveu de sua arte num mercado editorial em formação, num país cuja indústria cultural engatinhava. Esse labor intenso se explica, em grande parte, pela formação familiar de Orígenes Lessa.

Nasceu em 1903, em Lençóis Paulista, filho de Henriqueta Pinheiro e de Vicente Themudo Lessa. O pai, pastor da Igreja Presbiteriana Independente, é um intelectual, autor de um livro tido como clássico sobre a colonização holandesa no Brasil e de uma biografia de Lutero, entre outras obras historiográficas. Alfabetiza o filho e o inicia em história, geografia e aritmética aos cinco anos de idade, já em São Luís (MA), para onde a família se muda em 1907. O pai acumula suas funções clericais com a de professor de grego no Liceu Maranhense. O menino, que o assistia na correção das provas, produz em 1911 o seu primeiro texto, *A bola*, de cinquenta palavras, em caracteres gregos. A família volta para São Paulo, capital, em 1912, sem a mãe, que falecera em 1910, perda que marcou a infância do escritor e constitui uma das passagens mais comoventes de *Rua do Sol*, romance-memória em que conta sua infância na rua onde a família morou em São Luís.

Sua formação em escola regular se dá de 1912 a 1914, como interno do Colégio Evangélico, e de 1914 a 1917, como aluno do Ginásio do Estado, quando estreia em jornais escolares (*O Estudante, A Lança* e *O Beija-Flor*) e interrompe os estudos por motivo de saúde. Passará, ainda, pelo Seminário Teológico da Igreja Presbiteriana Independente, em São Paulo, entre 1923 e 1924, abandonando o curso ao fim de uma crise religiosa.

Rompido com a família, se muda ainda em 1924 para o Rio de Janeiro, onde passa dificuldades, dorme na rua por algum tempo, e tenta sobreviver como pode. Matricula-se, em 1926, num Curso de Educação Física da Associação Cristã de Moços (ACM), tornando-se depois instrutor do curso. Publica nesse período seus primeiros artigos, n'*O Imparcial*, na seção Tribuna Social-Operária, dirigida pelo professor Joaquim Pimenta. Deixa a ACM em 1928, não antes de entrar para a Escola Dramática, dirigida por Coelho Neto. Quando este é aclamado Príncipe dos Escritores Brasileiros, cabe a Orígenes Lessa saudá-lo, em discurso, em nome dos colegas. A experiência como aluno da Escola Dramática vai influir grandemente na sua maneira de escrever valorizando as possibilidades do diálogo, tornando a narrativa extremamente cênica, de fácil adaptação para o palco, radionovela e cinema, o que ocorrerá com várias de suas obras.

Volta para São Paulo ainda em 1928, empregando-se como tradutor de inglês na Seção de Propaganda da General Motors. É o início de um trabalho que ele considerava razoavelmente bem pago e que vai acompanhá-lo por muitas décadas, em paralelo com a criação literária e a militância no rádio e na imprensa, que nunca abandonará. Em 1929 sai o seu primeiro livro, em que reuniu os contos escritos no Rio, *O escritor proibido*, recebido com louvor por críticos exigentes, como João Ribeiro, Sud Mennucci e Medeiros e Albuquerque, e que abre o caminho de quase seis decênios de labor incessante na literatura. Casa-se em 1931 com Elsie Lessa, sua prima, jornalista, mãe de um de seus filhos, o também jornalista Ivan Lessa. Separado da primeira mulher, perfilhou Rubens Viana Themudo Lessa, filho de uma companheira, Edith Viana.

Além de cronista de teatro no *Diário da Noite*, repórter e cronista da *Folha da Manhã* (1931) e da Rádio Sociedade Record (1932), tendo publicado outros três livros de contos e *O livro do vendedor* no período, ainda se engaja como voluntário na Revolução Constitucionalista de 1932. Preso e enviado para a Ilha Grande (RJ), escreve o livro-reportagem *Não há de ser nada*, sobre sua experiência de revolucionário, que publica no mesmo ano (1932) em que sai também o seu primeiro infantojuvenil, *Aventuras e desventuras de um cavalo de pau*. Ainda nesse ano se torna redator de publicidade da agência N. W. Ayer & Son, em São Paulo. Os originais de *Inocência, substantivo comum*, romance em que recordava sua infância no Maranhão, desaparecem nesse ano, e o livro será reescrito, quinze anos depois, após uma visita a São Luís, com o título do já referido *Rua do Sol*.

Entre 1933, quando sai *Ilha Grande*, sobre sua passagem pela prisão, e 1942, quando se muda para Nova York, indo trabalhar na Divisão de Rádio do Coordinator of Inter-American Affairs, publica mais cinco livros, funda uma revista, *Propaganda*, com um amigo, e um quinzenário de cultura, *Planalto*, em que colaboram Mário de Andrade, Sérgio Milliet, Tarsila do Amaral e Di Cavalcanti. Antes de partir para Nova York, já iniciara suas viagens frequentes, tanto dentro do Brasil quanto ao exterior – à Argentina, em 1937, ao Uruguai e de novo à Argentina, em 1938. As viagens são um capítulo à parte em suas atividades. Não as empreende só por lazer e para conhecer lugares e pessoas, mas para alimentar a imaginação insaciável e escrever. A ação de um conto, o episódio de uma crônica podem situar-se nos lugares mais inesperados, do Caribe a uma cidade da Europa ou dos Estados Unidos por onde passou.

De volta de Nova York, em 1943, fixa residência no Rio de Janeiro, ingressando na J. Walter Thompson como redator. No ano seguinte é eleito para o Conselho da Associação Brasileira de Imprensa (ABI), onde permanece por mais de dez anos. Publica *OK, América*, reunião de entrevistas com personalidades, feitas como correspondente do Coordinator of Inter-American Affairs, entre as quais uma com Charles Chaplin. Seus livros são levados ao palco, à televisão, ao rádio e ao cinema, enquanto continua publicando romances, contos, séries de reportagens e produzindo peças para o Grande Teatro Tupi.

Em 1960, após a iniciativa de cidadãos de Lençóis Paulista para dotar a cidade de uma biblioteca, abraça entusiasticamente a causa, mobiliza amigos escritores e intelectuais, que doam acervos, e o projeto, modesto de início, toma proporções grandiosas. Naquele ano foi inaugurada a Biblioteca Municipal Orígenes Lessa, atualmente com cerca de 110 mil volumes, número fabuloso, e um caso, talvez único no país, de cidade com mais livro do que gente, visto que sua população é atualmente de pouco mais de 70 mil habitantes.

Em 1965, casa-se pela segunda vez. Maria Eduarda de Almeida Viana, portuguesa, 34 anos mais jovem do que ele, viera trabalhar no Brasil como recepcionista numa exposição de seu país nas comemorações do 4º Centenário do Rio, e ficará ao seu lado até o fim. Em 1968 publica *A noite sem homem* e *Nove mulheres*, que marcam uma inflexão em sua carreira. Depois desses dois livros, passa a se dedicar mais à literatura infantojuvenil, publicando seus mais celebrados títulos no gênero, como *Memórias de um cabo de vassoura, Confissões de um vira-lata, A escada de nuvens, Os homens de cavanhaque de fogo* e muitos outros, chegando a cerca de quarenta títulos, incluindo adaptações.

É nessa fase que as inquietações religiosas que marcaram sua juventude o compelem a escrever, depois de anos de maturação, *O Evangelho de Lázaro*, romance que ele dizia ser, talvez, o seu preferido entre os demais. Uma obra a respeito da ressurreição, dogma que o obcecava, não fosse ele um escritor que, como poucos no país, fez do mistério da morte um dos seus temas recorrentes. Tendo renunciado à carreira de pastor para abraçar a literatura, quase com um sentido de missão, foi eleito em 1981 para a Academia Brasileira de Letras. Dele o colega Lêdo Ivo disse que "era uma figura que irradiava bondade e dava a impressão de guardar a infância nos olhos claros". Morreu no Rio de Janeiro em 13 de julho de 1986, um dia após completar 83 anos.

E.M.

Conheça outros livros de Orígenes Lessa publicados pela Global Editora:

O feijão e o sonho
João Simões continua
Melhores contos Orígenes Lessa
Omelete em Bombaim
Rua do Sol
Um rosto perdido

GRÁFICA PAYM
Tel. (11) 4392-3344
paym@terra.com.br